CHANG'AN
HECENG
FU SHAO

长安何曾负少年

纵是长安米贵，
也从未负过哪个少年。
少年呀，谁也没负过
自己的青春。

蟠桃叔 著

陕西新华出版
陕西人民出版社

图书在版编目（CIP）数据

长安何曾负少年／蟠桃叔 著．--西安：陕西人民出版社，2024．--ISBN 978-7-224-15439-9

Ⅰ．I251

中国国家版本馆 CIP 数据核字第 202432AL91 号

责任编辑	王　辉
	刘若玉
封面设计	安　梁
封面题字	晚　崧

长安何曾负少年
CHANG'AN HECENG FU SHAONIAN

作　　者	蟠桃叔
出版发行	陕西人民出版社
	（西安北大街 147 号　邮编：710003）
印　　刷	西安市建明工贸有限责任公司
开　　本	889 毫米×1194 毫米　1/32
印　　张	9
字　　数	170 千字
版　　次	2024 年 7 月第 1 版
印　　次	2024 年 7 月第 1 次印刷
书　　号	ISBN　978-7-224-15439-9
定　　价	49.00 元

如有印装质量问题,请与本社联系调换。电话:029-87205094

抓鸟儿

代序

不装了,我摊牌了,其实,我是一个诗人。

从小,唐诗三百首打底子,以至于至今都觉得唯有古人诗才是诗。什么"巴山夜雨涨秋池",什么"也无风雨也无晴",什么"满船清梦压星河"……哎呀,真好呀。直到民国,什么"曾因酒醉鞭名马,生怕多情累美人"之类的也是能读得下去的。

但我生活的时代,诗已经很不受待见了,连我也看不起做诗的了。

而我莫名地一边鄙视别人写诗,一边偷偷自己写。

在老家淳化上初中的时候大约就有这病根了。青春期综合征的并发症。上课不是画娃娃就是写诗,其实也算不上是诗。毛都没有长齐的学生娃嘛,少年不识愁滋味,东施效颦,写一些现在看了会害臊的酸话怪句子。写了好几个笔记本,藏在抽屉最里面。把自己整得又忧郁又欠抽，自己都讨厌自己。

第一次发表东西是在《儿童文学》杂志，发了一首诗。我的二舅，我们家族唯一的一位高级知识分子，兴奋之余，请他们单位的打字员给我打印了一本诗集，还郑重其事地给我写了序。我是朝文学少年的路子狂奔了一阵子的。后来知道要脸了，才刹了闸。

高中三年，几乎没有学习，浑浑噩噩。又自卑又自恋。在那个封闭的小县城，我多多少少有点不合时宜。一个谈得来的好朋友还转学了。想早恋还未遂。有孤独感，觉得没有知音。别的学生娃在冲刺高考，我在和北京的同龄人写信，交笔友。

那个时候写的诗大约都是这个调调，颇为恶心的：

当我死去而你还未遗忘的时候
问轻轻的风从哪里来舞弄轻柔
拂过旧河的惨绿是无所谓的新愁
悄悄的又要摆渡到哪里去肥瘦……

好了，好了，挺长的，就短短来这几句吧，反正我自己都看不下去。

那年的高考当然落榜了。尽管语文成绩接近满分，厉害，但是其他科目实在太糟了。家里人强压住怒气跑到西安给我联系学校,最后选择了在西北大学读自考,定下了新闻学。没办法,当时对于我来说,只有新闻和中文勉强可选。我觉得学中文有点搞笑,就只好选新闻了。

来西安求学后,眼界开了一些,也交了一些朋友,性格也开朗了很多。病就轻了些,但是没有断根,陆陆续续还写,只是很少了。工作后,做新闻民工,整天写新闻稿,把人都写伤了。一闲下来,就想玩儿,想躺下。诗写得更少了。

记得住城中村的时候,夏天,回到小屋已经很晚了,洗了衣服去楼顶的天台晾晒。天台上还有同楼的一对情侣在那腻歪。那天晚上有月食。他俩在等着看月食。

那个男娃是泾阳人,一年四季白衬衫扎领带,头发梳得整整齐齐如牛舌头舔过。他是销售安利的,是个有梦想的年轻人。他女朋友家里嫌弃泾阳小伙穷,所以一直反对他俩来往。两人分分合合死去活来的爱情故事很是催人泪下。

那天,他俩约我一起看月食。我觉得我一个单身汉不配和他俩一起看月食,就默默下楼了。下楼后,想了很多,最终写了一首诗,就叫《看月食》:

坐在一个不够大的天台
目光像麦田起伏摇摆

看月食偶也顺便晾几件衣服
那包裹我们肉身的布

两个人的衣服交换相互的气息
眼神如蛇，吞噬了整个月亮

月亮含在眼里口里心里
我们生活在地球的阴影里

日子本来轻盈，后来沉淀
一生看过了几场月食

从这首诗以后，我觉得自己开始真正意义地写诗了。以前不是。以前都是胡骚情。

此后写得不多，但是一有感触会迅速拿笔出来，唰唰唰，写了，就痛快了。有的写在纸上，有的写在手机上，有的就顺手写在书的页眉，甚至写在包装纸上随垃圾丢弃了。

那段时间忙忙碌碌的，一个采访接着一个采访，有写不完的稿子。因为工作关系认识了那么多人，可是，都是蜻蜓点水的接触，猴子掰苞谷。到最后，整个人还是浮在社会的表层，啥啥都没有混下。日子就这么一天一天地过。现在想来用六个字可以形容,一是"瞎胡闹",一是"没名堂"。我不是一个有大志的人,得过且过,能偷懒就偷懒。人情世故上也有欠缺。自己不争气,还怨天尤人,觉得自己生不逢时。自卑,从来不参加什么同学聚会,羞于回老家。但是傻人有傻福,偏偏命里有贵人相助,总是船到桥头自然直,一个人在西安鬼混,不曾饿死。

有时候就想,这辈子就这样过吗?越想越怕,就不想了,继续浑浑噩噩。后来结婚了,心里才稍微安定了一些。在此之前,我一直不觉得自己和西安这座城市有太多的关联。故乡已不是自己的故乡了,西安也没有把自己接纳。来路去路皆不明。结婚后,在西安有一个家了,这个城市才温情起来。

写过一首《静餐厅》,应该是二〇一四年。那年,我做父亲了,是女儿。我有欢喜,也有压力。但是心里不慌了,开始静静感受生活的美好。我的要求不高,一家人无灾无病就很好。

大约是二〇一五年,我带娃之余粗略整理出了多年来写的一些诗,想出个集子。咱又不是离退休老干部,为何动了这个心思,我是无法解释的。

不要脸,还请了八个朋友给我写了序言。这八个朋友都忙忙的,居然一个个都应了。

其实我也就是变相地求人家夸我。这八位都是人情练达的人中龙凤,个个会意,夸得我都上天了。当然,这些夸都很真挚。我很感谢这些朋友。

然而又不知道为什么,多半是被生活折磨得有气无力了,突然意兴阑珊,诗集这事就烂尾了。烂尾了就烂尾了。一树的枯叶,一阵风就吹过去了。

放弃也不是无理由的。仔细一想,觉得诗这东西还是太自我,那是在表达一种情绪,自己读来有滋味,别人读了一头雾水,不知道是想弄啥。所以,要写还是要写文章的,人才能懂,看的人才多。于是开始写文章。诗若是飞鸟,文章就是让鸟落下来,定住了,不飞走。都说诗难写,文章更不好写哩。

最早写的文章有《我爱六百路》。那时候我买房子了,图便宜,买在了长安大学城,每天上下班路途遥遥像西天取经,能坐的只有六百路公交车。那几年,把六百路坐美了,也坐出了感情,遂写文记之。发在当时很火的天涯论坛,火了,引得《华商报》的记者还采访过我。原来都是我采访别人,第一次被别人采访了,倒也有趣。我心一热,一发不可收拾起来,笔杆子抡得更欢了。

我写木香园。那是我在西北大学读书的时候常去的一个园子。顾名思义,种满了木香。那里有我美好的青春记忆。

我写龙龙妈。那是我熟识的一个烤肉摊的老板娘。她和我一样,都是俗世里浮沉的小人物。我们都在为生存忙忙碌碌,不敢停歇。

我写城中村。那是城市为底层人遮风避雨的庇护所,它热气腾腾,有多少人的故事都留在那里了。城中村真是写不尽的。

我还会写写淳化饸饹。那是我故乡的一种风味小吃。好吃，且有"药用价值"，吃它可以医治思乡病。

还有好多……

写了就在公众号上发，或者在一些杂志上发。慢慢地，就有人开始叫我作家了，其实也是开玩笑，一个写作文的学生娃罢了。

但我写文章是认真的。我努力捕捉我记忆里的飞鸟，那些在我的天空里飞过且留下影迹的鸟儿。我让它们一个个都乖乖的，落下来，定住了，不飞走。事实上，我只是捡拾到了一些漂亮的羽毛罢了。我要更努力些才好。

写诗那些年，诗写了不少，始终没有出诗集，却出书了，算是写文章写出了一点成绩。二〇二〇年，陕西人民出版社出版了一本我的书叫《唐诗江湖》。那是一本记录唐朝诗人逸事奇闻的故事集，除了不畅销，别的毛病一点都没有。真是天下一等一的好文章，啧啧。

因为写这本书，我做了很多功课，对那些诗人的生平多多少少有所了解了。这时候，不觉得他们是古人了。哪里是李白杜甫了，就觉得他们就是我身边的张三李四，他们的痛痒悲欢和我切肤，他们一打哈欠我也想跟着打哈欠。他们用诗歌记录着自己的生活和所处的时代。我也是呢，他们写诗，我写文章罢了。

这一年，还有一件事，就是我辞职了。鼓起勇气，想在自己还不是很老的时候换个活法。我知道离开单位会很辛苦，但是我想把自己逼一逼。刻桃核，写稿子，不至于会饿死吧。我最坏的打算是晚上去吉祥路十字摆地摊去。

辞职后，别人都以为我的生活云淡风轻。这种印象全是从我朋友圈发的动态而来的。这是只见天挂彩虹，未闻雷声雨声。为了柴米油盐酱醋茶的努力付出只有自己知道，朋友圈里的琴棋书画诗酒花只是我生活里浮在表面的油花。中年人，哪里有岁月安好呀。

孩子一天天长大，自己其实也是和孩子一起成长的。我开始与世界和解，人也变得温和了许多。诗也变暖了变浅白了。这样也挺好。已经到了不在乎的年龄，这时候写诗就是写给自己看，自己怎么舒服怎么来。写了，就发在朋友圈，留作纪念而已，也顺便给亲朋好友看看。

比如某年春天，给孩子的某张照片我就题了这么几句：

去看红桃绿柳，牵着一双小手。
笑时不忘掩口，换牙小妞怕丑。
贪恋韶光浓厚，赏花竟如醉酒。
卧在玉兰枝头，真想让春不走。

这也许在方家的眼里不算是诗的。但是，我觉得是，那就一定是了。

其实,我这辈子最好的一首诗是我的女儿,我家的杨之了。

没有仔细整理,这些年来,写的诗最少也有上百首了吧。没事了翻出来读读,回忆就出来了——

在诗里,我住后村时常去大雁塔北广场,喷泉喷了人们一头雾水。

在诗里,我思念着远方的朋友,比如上海的老范,比如苏州的老杨。

在诗里,那个宅而清淡的夏天像极了故宫博物院里的某一幅古画。

在诗里,自行车载女儿去暑假写字班,远远看到了铁塔,我们叫它埃菲尔。

在诗里,香积寺附近的村庄开始烧火做饭,呛呛的冬天,小小的寺院……

然后,我又"抓鸟儿"了,把这些诗句都落地成文章。写散文,写小说,还写童话。其实都是在讲故事。人呀,稍微一上年纪就有故事了。

有道是:

日长暑热闲思过,
花开花落惯漂泊。

忆罢数载青春事，

可说幸比难说多。

    如今，我年过四旬了，鬓角的白头发一年比一年多了。可是，写作的时候，不管是写诗的时候还是写文章的时候，我永远都是个少年，轻快又明朗。对我来说写作真是享福哩。

    出书是写作到了一定阶段的总结。如今已经陆陆续续出了几本小书了。这事上瘾。这不，又和陕西人民出版社续缘了，于是就有了这本作文集《长安何曾负少年》。

    在这本书里，多次出现了楼顶。

    我去楼顶晒"画了地图"的褥子。

    我和明明在雪天的楼顶吃火锅。

    摇滚乐队在楼顶排练。

    夏夜，房客们集体在楼顶冲凉、睡觉……

    楼顶，上接天，下接地，但是身在楼顶，其实你摸不到天，摸不到地，只能眺望，却也未必瞧得见远方。等风来了，雨来了，或者肚子饿了，还是得从楼顶下去。等你走了，楼顶就空旷孤独了，那是飞鸟临时歇脚的地方。

    我在年轻的时候，常常在城中村的楼顶出没。晾衣服到楼顶去。冲凉到楼顶去。喝醉了发散酒气到楼顶去。看月亮到楼顶去……楼顶有我的青春，有我的愁绪。您手上拿到的这本书正是在写我那些年在西安的城中村楼顶的故事。

城中村，我觉得它就是我们这些倦鸟歇脚的荆棘。虽然刺痛了我们，但是我们依旧感恩。

在楼顶，脚下是一家一家的住户，他们基本和我一样，年轻，孤勇，有梦。如蜂似蚁，我们从五湖四海涌来，聚会于此处，只是暂歇，下一刻，不知又去向何处。命运的浪击打着每个人，无声无息。

在楼顶，我看看云，看看穿云的飞机。飞机上坐的都是谁啊？你们要到哪里去呀？我挥挥手，你们能看到我吗？

这本书写的是二十多年前亲历的旧事。"别的那样哟，别的那样哟，我的青春小鸟一样不回来。"但是，我用文字，把我远去的青春小鸟抓回来，让它们落下来，定住了，不飞走。它们的爪子和翅膀都闪着光亮，它们的嘴巴在唱歌。你想看吗，你想听吗？

这本书，你得闲了翻翻吧，或许还能从我的青春里看到你的青春。那就太好了。

就此止笔吧。谢谢读者诸君宽恕我的啰里啰唆。其实，诗歌也罢，文章也罢，在人生岁月的字里行间，我们永远都是少年。长安不曾辜负少年，少年不曾辜负青春。回望处，有笑泪，浥轻尘。

写于二〇二三年九月

目录

木香园 001

贼娃子 013

见网友 024

买衣服 036

逛小寨 047

笼笼肉 058

下馆子 069

雪火锅 081

水泥巷 090

几声蝉 113

空心菜 133

葫芦头 152

房东们 159

楼顶记 181

龙龙妈 188

六百路 208

拍戏记 219

豆腐脑 235

好朋友 247

耍水去 252

旧梦影 257

皮影戏（后记） 265

木香园

一九九八年十月,西安秋老虎,热,我顶着一头汗去西北大学报到。

学校就在城墙的西南角附近,隔着一条护城河和一条马路。城墙的其他几个角都是直角,唯有这个角是圆角。西安人骂谁脸皮厚,就说比城墙拐角还厚,指的就是这个厚墩墩的角。

此前,我对于西北大学的认知仅限于作家贾平凹在此读过书,是"文革"期间的工农兵学员。

入学后果然多次在校园碰到过贾老师。当时贾老师是西大的客座教授,在校内有所房子,大体位置就在西大招待所后面。有一次我鼓足勇气和贾老师打了个招呼,简单说了两句话。

很可惜,没有机缘听贾老师的课。倒是在西大礼堂听过余秋雨和林清玄的演讲。林清玄貌似达摩,一口温柔的台湾腔,妙语连珠，一个段子接一个段子，台下笑倒一片。

过了一年，还是在礼堂，林清玄又被请来，还是妙语连珠，一个段子接一个段子。可是，和去年讲得一模一样啊。

礼堂有故事的。东北沦陷后，东北大学先迁北平，又迁西安，礼堂为那时所建。现在礼堂外尚有石碑，上刻："沈阳设校，经始为艰，自九一八，惨遭摧残，流离燕市，转徙长安，勖尔多士，复我河山。校长张学良立，中华民国二十五年。"此校长张学良者，即为少帅张学良也。

后来，几经辗转，这个礼堂就成了西北大学的了。青砖红瓦，民国气派。

礼堂往东就是文传学院和文博学院合用的小楼。我在一楼上课。小课小教室，大课大教室。新闻班和广告班有些课是重叠的，一起上，是为大课。

写到此处需要交代一下了。本人非统招生，未考上，此时又没有工农兵学员了，只能花钱报了西大文传学院新闻系开的自考班。有新闻班和广告班两个班，我选了新闻班。

自考生的身份让我又自卑又勤奋，上课早早赶去，抢占头一排，脸上没少落老师唾沫星子的雨露滋润。

授课老师我印象深的有如下几位。

王春泉老师。书痴，家中藏书万册。有个段子，说地震后，学生发信慰问，得到的回复是：无他，卫生间的书倒了而已。

在西大上的第一节课就是王老师的。正黄短衫,清瘦,讲广告学,问我们可曾写过广告文案。

回答是没有。

王老师:情书都没写过吗?情书就是啊。

我们大笑。下课后有同学给他送了一块月饼,当时好像快过中秋了。

韩隽老师给我们上编辑学。端庄温婉的知识女性形象。后来我在报社上班,和韩老师因工作关系接触过几次,很觉亲切,不过我忍住了,并未提及当年事。

张羽老师好像是当时的新闻系主任,教新闻写作。风度翩翩。曾在元旦搞联欢时唱"相见时难别亦难,东风无力百花残",颇深情,实难忘。

周健老师讲中国现代文学史。周老师退休多年,当时已经是老太太了。喜欢一脸严肃地用略带浙江口音的普通话讲作家的花边恋情。中国现代文学史讲成中国现代作家恋情史,真好听。

不知道听谁说,周老师是绍兴周家三兄弟的后人,具体是哪一支,不详。

某个教师节,我曾经去周老师家送过花。不好意思一个人,拉了别人一起去了。

还有一个讲《红楼梦》鉴赏的老先生,更老了,第一次上课的情形记忆颇深。老先生颤颤巍巍上台,坐定,冷着脸沉默几秒,未开腔先一吐舌头,吐出一片西洋参,然后才嗓子一柔,开讲林妹妹和宝哥哥。到动情处,听得人柔肠寸断。

文传院的小楼对面就是木香园。顾名思义,是有木香的园子。

木香是攀缘植物,藤条顺着游廊的柱子攀爬上去,把四方的游廊的顶密密匝匝地缠绕住,投下浓浓的阴凉来,日光一照,那阴凉都是墨绿的。

等到四五月,木香花开了,蔷薇科的花,没有不美的。那么多白色的小花一齐开放,又稠又密,好精神。

木香园内有紫薇和银杏,中央有一尊孔子塑像,是台湾淡江大学赠送的。

西大另有一尊鲁迅的雕像,在图书馆前。

因为老来木香园,所以对这尊孔子像非常熟悉了。我常坐在木香藤下的长椅上看闲书。或者出神,看蚂蚁顺着木香的藤条向上攀爬。

下课了,同学也会来木香园坐坐,说说笑笑。

同学中外省人占到了一大半,以江浙居多。

王瑞聪是温州的,我们起哄让他说温州话,他不知道说什么,有人就让他说"小姐,买皮鞋吗"这句。王瑞聪很随和的,说了,大家都给逗笑了。

后来他在央视拍纪录片,得过国际奖项。

和金华的王敏聊天，我顺嘴说知道金华的火腿很有名。不久，她就送我了一袋，令我很惊喜。我不开灶，就送给我舅舅了。我舅舅在西安，就在长安南路的"唐乐宫"，我周末几乎都去舅舅家吃饭。

新疆的王梅当时已经结婚了，是老大姐。她让我看她老公的摄影作品，天山风光。还让我起标题，可惜我没才，绞尽脑汁，想不出来。

本省的同学印象深的有延安的马静、马菲姐妹俩。

还有宝鸡的马莉，我估计她是我们同学里年纪最小的吧，像个洋娃娃，就是不好好学习呀。

班长叫董小权。诗人。

我们班有个女生是个姐姐，有个弟弟在外地读书。姐姐给弟弟写信，信封上赫然写着"某某市某某学校，弟弟收"，又不写弟弟名字，弟弟肯定是收不到的。信被邮递员按信封上的一行寄信人地址退了回来。班长董小权举着信在教室大声喊：谁这么丢人的，咋上的大学？快来领来！

过了几秒，一个女生一吐舌头，举手了：我，我，我。

我们都笑了，觉得她好可爱啊。

还有一个女同学，当年就很漂亮，很多年后以公司副总的身份上过相亲节目《非诚勿扰》，和孟非、乐嘉谈笑风生，最终牵手了一位帅气的击剑运动员。唉，这就扯远了。

最初我们都住校外，西大西门出去，就在太白路上，有个边家村工人俱乐部，隔壁有个破破烂烂的小院，挂着"职工大学"的牌子。里面有个小二楼，二楼就住了我们一层自考生。男女混杂。另有部分女生住西大校园里面的招待所，就是离贾平凹老师住所很近的那个招待所喽。

有个和我一个宿舍的同学姓蓝，长发扎马尾，穿宽松衣服，像个搞摇滚的。颓废，晚上不睡觉，白天睡不醒，如懒龙。

自考属于宽进严出，一门一门考试下来，一些过不了关的同学就放弃了。"蓝摇滚"同学是第一个放弃的。家里给的生活费两天就挥霍完了，不上课了，去街上卖报纸，卖《华商报》。后来，"蓝摇滚"同学连影都没了。家里人闻讯后还跑到西安来找过。

我们白天上课，晚上或者去西大找空教室上自习，或者玩，全凭自觉。

正是长身体的年龄，特别能吃，一天吃四顿饭，因为一到晚上就饿，不吃点东西就睡不着。哪怕吃包方便面也是好的啊。

常常是和同学一起上街吃夜市去。砂锅，炒饼，有时候还喝啤酒，吃烤肉。

太白路上当初可热闹了，灯火璀璨，人影攒动，卖小吃和杂货的摊子把一条街都塞满了。有一家牛肉面，红汤的，好吃，音箱放着许茹芸的《独角戏》，边吃边听，"没有星星的夜里，我把往事留给你。如果一切只是演戏，要你好好看戏，心碎只是我自己……"那个旋律多年都在脑海里挥不去。

太白路上有个太白商厦，那时候来看是那么的高大上。

西大门口有家饭馆，叫"将进酒"，感觉好有文化啊。

第二年，太白路夜市被取缔了，你说可惜不可惜。

晚上吃饱了还是睡不着，可以去看电影，就去边家村工人文化宫看，那么近。

记得有一次，和几个同学相约去看电影，有男生，也有女生。进场后，有人眼尖，说后面有情侣座，去看看有没有空座，如果有，我们就去坐，很舒服。

情侣座，半封闭，软沙发，票价比普通座位贵一半的。

结果还真有空位，便宜不占白不占，我们就去坐了。结果一个女同学，刚一坐下，就像被蛇咬了，跳起来，说她摸到脏东西了。

开始我以为有人没公德心，把口香糖吐沙发上了。后来有人咬着我的耳朵，偷偷告诉我，是那种脏东西。我一下子就脸红心跳了，原来情侣座还有干那种事情的啊。城里人真会玩。

也时常看录像，特指通宵录像。学生娃精力旺盛，熬夜看录像是常事。在当时，学校周边的录像厅可多了，很多就是搭建在路边的简易铁皮房子。周星驰的《喜剧之王》我就是在这种录像厅看的。当然，一到深夜，会放些《蜜桃成熟时》之类香艳的片子，不然臭烘烘的谁来熬夜啊。有人看着看着就脱鞋脱袜子了，还有抽烟的，放屁的。

来看录像的基本都是西北大学和附近西北工业大学的学生，男生居多，偶尔会有女生，那就算是惊鸿了。

其实看片子也不用花钱，一到周末，西大的操场也会放露天电影。看的人很多，就站在操场。年轻，也不觉得腿困腰酸。放过的片子只记得一部《贫嘴张大民的幸福生活》，冯巩演的。

有一次，放映前，机器在调试，众人在等待。白花花的光柱打到了幕布上。我鬼使神差地伸出手，伸进光柱里，做了一个杨丽萍"雀之灵"的手影。瞬间，幕布上出现了一个巨大的孔雀手影。

然后，整个操场的人都笑了起来。我的心里也得意极了。

西大周边有城中村，住的都是学生，以自考生居多，也有统招生从学校偷偷搬出来住的，图个逍遥快活。自考生在当年号称"十万自考大军"，高峰的那几年，自考生从天南海北齐聚西安，各个高校都有自考班，更不用说冒出来的那么多民办院校了，说十万，还少了呢。后来高校逐年扩招，自考大军就式微了。租房的学生里大半是谈对象的，就像京剧《武家坡》里唱的那样："我与你少年的夫妻就过上几年。"

我还是想住西大的宿舍里的，毕竟像个上学的样子。

当时已经有自考生找路子住进西大宿舍了，我认识一个神通广大的同学，他就住学校里，我通过他，也住了进去。

木香园再往东就是宿舍区了。我先是住三号宿舍楼，后来换到六号楼，最后换到十号楼的研究生楼，一年一换吧。

印象最深的是，某次球赛过后，也不知道是赢了球还是输了球，全校的宿舍楼都要闹翻天了，学生把脸盆、水杯、热水瓶往窗外扔。噼里啪啦，满地狼藉。楼管吓得不敢露头。我没扔，我又不是统招生，我张狂啥呢。

同宿舍的几个兄弟，基本都是自考生，唯有到了十号楼时有个老哥是正儿八经的研究生，已工作，单位在敦煌研究院。

我永远住上铺，这样可以不用叠被子。半床都是书。在西大附近的大学南路买的盗版书。

宿舍几个人中老姜最年长持重，爱干净，整天洗洗涮涮的。那时候已经开始养生，喝茶泡枸杞。我们都在淘气，老姜不声不吭拿到自考大专文凭后，参加了西大的专升本考试，考上了，成了统招生。后来进了报社。

老唐家里很有钱。老唐很有爱。老唐爱女人也爱兄弟。老唐有个侏儒朋友，老唐骑着自行车带着他到处逛，不在乎异样眼光。老唐苦学意大利语，但是他后来留学的是英语国家，先去新加坡，后来又去了英国，回国后也是进了报社。

老刘是文艺男，懂哲学，爱电影。后来在北京从事电影行业。他有个绝技，是把扑克牌一甩，可以甩到教学楼楼顶。我不羡慕这个。我羡慕的是，有次我在宿舍楼下看见老刘和一个校花级别的女生说话。后来这个女生在陕西电视台当主持人，我老在电视上见。

晓峰是宝鸡人，才子，书法不错，爱吃臊子面。去学校附近的面馆吃面，邻桌几个女生，外省的。晓峰主动给人家讲陕西面食的学问。把几个女生说晕了，结果俘获了其中一个女生的芳心。这女生是西大经管院的。后来两人结婚了，生个闺女，被培养成了小才女。

还有一个外宿舍的同学，常来我们宿舍玩，此人戴着黑框眼镜，大头。做过西大某场晚会的导演，此后就有些自命不凡，当然了，才气是有的。后来他失恋了。他百思不得其解，千万次地问：我怎么会失恋呢？

晚上的宿舍最热闹，看小说的，泡脚的，打扑克的，给女生宿舍打电话的……那时候打电话还要用电话卡。

宿舍熄灯了还要听一阵子广播。听音乐台的点歌节目。听广播剧。听"不孕不育刘学典热线"。老姜可以惟妙惟肖地模仿刘学典的开场白："大家好，我是你们的老朋友刘学典……"刘学典开药方则是："……淫羊藿五钱，蟾蜍一只，蛤蚧一对！"

后来，宿舍有了台电脑，这下谁还听广播呢。电脑是财大气粗的老唐买的，结果被我们霸占了，你两个小时，他两个小时，排队上"小企鹅"和女同学聊天呢。有人排到深夜，就定好闹钟先眯一会儿。

那时候"小企鹅"上线了会有咳嗽的音效,咳咳咳,咳咳咳。

有一天,记不清是谁趴在电脑上聊呢,老姜端着洗脸盆进来了,瞄了几眼,鄙夷道:聊啥呢嘛,一点技术含量都没有,妹子都懒得回你。你看人家老杨咋聊的。

老杨就是我。我当时趴在上铺看书,听了这话,脸微微红了,我至今都不知是夸赞我还是讽刺我呢。

二〇〇一年的夏天,我离开了西北大学。我在西大待了三年。

此后我想去北京。当时很多毕业生在校园里摆摊处理没法带走的零碎。我离校前也把那些年买的一些闲书卖了。一卖就后悔。舍不得离开西安,羊肉泡馍没有吃够啊。于是就不走,落草为寇,占山为王,在西安胡作非为,瞎胡闹了好些年。常路过西北大学,想进去看看,却有怯无颜。

直到有女儿了,才厚着脸皮带她逛了一次,看了木香园,还在食堂吃了顿饭。

长安大学城的新校区早已建成,这个老校区于是冷清了许多,更添物是人非之感。木香藤更粗了。孔子像好像朝北挪动了一点位置。或者没有,只是我的记忆有偏差了。

那几株紫薇还在。我告诉女儿,它还有个名字叫痒痒树,挠它，它会痒痒，会抖。女儿听了使劲去挠，很是粗暴，我赶紧把她拉走了。

对了，在校期间《西北大学校报》上发了首我胡写的诗，写的就是木香园。好像还挣了五块钱的稿费。虽写得实在不好，属于"老干部体"，报纸我还是存了留念。最近翻箱倒柜找了出来。毕竟二十年过去了，纸已发霉，最后一句有两个字竟无法辨认了：

小园漫漫移黛青，
春懒夏慵坐廊中。
藤筋攀蚁翠萝盖，
叶涛穿雀玉英琼。
翻书无声樱花雨，
展翼有蝶银杏风。
对坐孔像浮生梦，
回首一拜□□匆。

这个回首一拜到底是啥啥匆呢？实在想不起来了。反正是来也匆匆，去也匆匆，我是个过客，西北大学已是一个旧梦了。

写于二〇二二年一月

贼娃子

西安人把贼叫贼娃子,"娃"在这里就是小人、小鬼、小毛贼、小崽子、宵小鼠辈的意思。

西安二十年前贼娃子多,有"贼城"之称。开始还不相信,来西安读大学,头一礼拜就领教了。

班上一女同学去康复路买衣服,钱被偷,还是厚着脸皮跟一个卖娃娃头雪糕的摊贩讨要了五毛钱,这才有了车票钱回学校。

还有一男生坐公交车被贼娃子割了包,气得回来吱哇乱叫。我们那时候不懂事,还调侃人家,说什么"无痛割包皮"的怪话,给人家伤口上撒盐。

和我一个宿舍的小甘肃,钱包被偷。贼娃子也算有良心,把钱包里的身份证和学生证装到信封,塞进了学校门口的邮筒。于是乎,小甘肃的身份证和学生证完璧归赵了。小甘肃感激涕零,恨不得写个表扬信贴出去。

记得那时坐公交车,常会遇到便衣警察,属于"反扒大队"的。"反扒"当时不是反对德州扒鸡啦,反的是扒手,就是贼娃子了。

便衣警察捉到贼娃子了,衣领一抓,遇上长头发的,就揪头发,然后往车下押。那个年代不兴文明执法啥的,反正出生入死抓贼娃子就是了。有些贼娃子是带刀子的。

贼娃子被带下车,满车的人都兴高采烈,喝起彩来。警察更来劲了,再咬牙切齿地狠骂一句:狗日的又是你这货,记吃不记打,这是第几次犯到我手里啦?

车上的人更觉得过瘾了,都夸这个警察好样的,真歪。"歪"在陕西话里是厉害的意思。

毕业后,刚参加工作,没钱,住城中村,鱼龙混杂,贼娃子真没少见。

有一次,我午睡,拉着的窗帘被人拉开。我当时还没有睡着,和拉窗帘的人对了脸。那人文文气气的,笑一笑说:不好意思啊,我找人呢。

我点点头,也没说什么。

那人就走了,然后楼道响起了快速跑下楼的脚步声,咚咚咚咚,整个楼感觉都在震。我的心跳马上加快了,这才意识到,那是个贼娃子。

后来我还梦见过这个人，在梦里，他偷走了我的牙刷。为什么是牙刷呢？也没有人给我解梦，我就不知道为什么了。

然而，我做梦也没有想到，贼娃子居然就潜伏在我的身边。

我后来搬到了何家村，夏天热，很多人睡楼顶，说说笑笑真热闹，彼此就认识了。其中一个叫黑娃的周至小伙，就是一个贼娃子。吓，长得五大三粗，还一脸憨厚，谁能想到竟是个妙手空空的贼娃子。不过话又说回来，贼娃子又不可能在脸上写一个"贼"字。

全楼的人几乎都知道黑娃是个贼。他也不避讳，还给人说他盗亦有道，四不偷：穷不偷，近不偷，医不偷，不二偷。

意思就是不偷穷苦可怜人，不偷邻里街坊，看病的救命钱不偷，已经偷过的人家也不再偷。

楼上的房客都叫他黑娃，因为长得黑呗。谁家烧肉了就喊黑娃来吃，谁家打麻将就喊黑娃支腿子，谁提了重物上楼梯也喊黑娃过来帮忙……黑娃在楼上人缘不错。

黑娃有次对我说：小杨，你想要便宜自行车不？品牌山地车，九成新，给别人二百三百四百不等，咱自己人，你要就是八十。

我明白，黑娃偷了个自行车，准备销赃哩。我当然没有买了。

没有买还有一个原因是，当年西安丢车子太普遍了。除非你骑一辆除过车铃不响其他地方都响的破烂车。哎哟,本人就拥有这样的"宝车",所以纵横古城十余载,驰骋江湖许多秋,都不知道车锁为何物。

我的"宝车"是我一个西安的亲戚送我的,闲置在车棚好些年了,送我的时候还是半新的。

有一次我骑它上街,路过某小区门口,被一老嫂子揪住,抬头挺胸,气势汹汹,非说车子是她的,说我是偷车的贼娃子。我说不是她不信,我讲道理她不听。

大街上,拉拉扯扯的,我真丢不起那个人,我就让老嫂子赶紧把车子骑走,我不要了。

也不知道是心灵感应,还是有人传消息了。这时候,老嫂子的老汉来了,手里还拿了个苍蝇拍,不知道啥讲究。这位大哥细细查看了一下我的车子,说他家的车某处有个刮痕,他记着的,我这个车子没有那道划痕。然后朝我挥挥苍蝇拍,示意我可以走了。

大哥拉着兀自吊着脸的老嫂子回去了。我骑上车也默默离开。

老嫂子好大的手劲儿,把我袖口都扯烂了。我那件衣服买的时候还挺贵的。害我跑到钟楼去补了一次。当年钟楼旁边的开元商厦门口曾经聚集着一群汉中口音的补衣女,她们手艺很好,价格不低。说到底,还是因为西安当年贼娃子多,火车站和钟楼附近的最猖狂,"取货"都是小刀划开衣服,再用镊子夹,所以钟楼补衣服的生意也跟着红火起来了。

那次补袖子花了我十块钱,那时候一碗羊肉泡馍才五块钱。这也算贼娃子间接给我造成的损失。

后来,那辆令我差点儿蒙冤的自行车被我风里来,雨里去,惹了一身的尘埃,就骑成贼娃子不惦记的破车了。

不是每个人都懂"车子烂没人偷"这个颠扑不破的真理。我的同事樊浧就不懂。

这个名字有点生僻。"浧"字念"擤"的音,我们偏偏要念"正",再纠正都念"正",把他叫"正正",他也没有办法。

正正是家里惯坏的娃,不懂事,又爱时髦,骑了个几千块钱的进口车子招摇过市,却又舍不得花那几毛钱的存车费。有一次锁在莲湖公园外墙的栅栏上,被贼娃子撬锁,偷去了。

车子是他姐给他买的,车子丢了自然要给他姐交代一声,她姐就让他姐夫寻车子去。

他姐夫应了,说:碎碎个事。

正正看姐夫说得轻松,心想,这么大的西安,大海捞针,咋寻呀?

他姐夫安排说:明天早上你不要睡懒觉了,起来早点,赶五点到土门等我。

他姐夫剃个光头,嘴里爱咬个牙签。穿板鞋,不提后跟,当拖鞋一样踢踏着,反正一看这打扮和做派就知道也不是啥善类。正正也怯他这个姐夫呢,一个屁都不敢多放,乖乖答应了。

第二天,正正跑到土门,一去就看到姐夫了,骑了一辆自行车,等他呢。不过,不是他丢的那辆,这个更高级。

原来土门是贼娃子销赃车的地方。他姐夫去了也懒得寻有没有正正丢的那辆,直接瞅了一辆最抓人眼的好车,沟子一抬,大刺刺地坐上去了。销赃的是个胖子,看来者不善,问:啥意思?啥意思?

他姐夫眼睛一瞪:城隍庙里竖旗杆,知道阎王爷是谁不?胆大得很,还想在西安混不?我的车子都敢偷。不想死了,赶紧滚。

那胖子本来就做贼心虚,一看对方这日狼日豹子的架势,大气都不敢出,眼睁睁地看着自行车被骑走了。

正正因祸得福,换了辆好车,喜不自胜,自不必说。需要一提的是,正正他姐夫后来投资了一个茶叶批发城,红火了一阵子,谁也想不到五十得了癌症,后来命保住了,但是瘦得只有六十来斤,站都站不起来,当年的威风荡然无存了。

我在西安从来没有丢过自行车。有人不信,还笑我,说:不丢自行车,不算西安人。

后来这话又成了:没丢过手机,不算西安人。

没过多久,我就"如愿以偿"地被偷了手机,成了货真价实的西安人。

那是个夏天，我骑着那辆破自行车在南门等红灯的时候手机被偷了。夏天，东西不好装口袋，我腰上系了一个腰包，放了手机、零钱、钥匙等物。

怪我。我把腰包放到腰后了，给了贼娃子可乘之机。

贼娃子只拿了手机，钱还在。那时候满大街都是插卡的公用电话，手机还不普及，很贵，我那个飞利浦的手机花了我整整一个月的工资。

我找了一个公用电话，试图拨通我的手机和贼娃子谈判。我握话筒的手都颤哩。

电话那头永远是忙音。我知道，我的手机永远找不回来了。

狗日的贼娃子！

其实，我还捉过贼。具体年份我记不清了，当时我还在西北大学念书，有天出校门，溜达到太白路上，对面就是边家村工人文化宫，我们习惯简称其为"边宫"。

当时是冬天，过来一个女娃，穿了个长款的羽绒服，目不斜视地朝前走。身后跟了个老皮。老皮是西安话，用上海话来说就是老瘪三。

老皮是个贼娃子，只见他蹑手蹑脚地摸进了女娃的口袋……

当时天有点擦黑了，但我还是看了个清清楚楚，因为和我的距离实在太近了。我也没有多想，上去拍了一下那老皮的肩膀。

我当时二十出头，穿一身蓝衣白道的运动服，个子比他高一头。

老皮一回头，瞅我一眼，没有丝毫的迟疑，迅速把钱包递给我，同时脸上堆起了满是卑贱而谄媚的笑。趁我接钱包的空当，老皮扭头撒丫子就跑，穿过马路朝边宫方向而去，瞬间就不见影了，真快呀。

其实我也不想追，钱包还回来就行了。

我叫住女娃，还她钱包。女娃接过钱包，一句话不说，走了。

我原以为她会说一声谢谢的，没有。她甚至没有多看我一眼就走掉了，仿佛我多管闲事了，仿佛我就是偷了她钱包的贼娃子。一种又羞辱又尴尬的情绪涌了上来。一瞬间，我有一种冲动，就是朝那个女娃扑上去，按倒，掏出她的钱包，然后飞奔到马路对面去，揪出那个老皮，把那个钱包双手奉上，并道一声：贼娃子叔，请原谅我，刚才真不该干扰您的工作，抱歉啊。

虽然现在说出来像是在搞笑，但我当年是个天真幼稚、血气方刚的愣头青啊，还真的是这样想的。

至今，我还记得那老皮给我钱包时那张讨饶的笑脸，眼袋肿大，皱纹深刻，是一张饱经风霜的脸。

同样是在边宫，我还遇到过一张同样的脸。

边宫附近有个清真的老字号餐饮店"德福祥"。如今这家店卖袋装的方便油茶，广告词是"浓浓油茶香，百年德福祥"，朗朗上口，妇孺皆知。

当年德福祥却不卖油茶，卖羊肉泡馍。因为开在我们学校附近，我经常和同学来这家吃，味道不错，比学校清真食堂的泡馍好了十倍不止。

有次我和一个南方的同学在德福祥吃完泡馍了，没有急着离桌，而是闲聊起来。后来发现有个人站在我们桌子跟前。我第一反应此人是来等座的食客。可是周围有空桌子啊。我俩打量他，他马上露出卑贱而谄媚的笑，问：同学，你俩吃完了没有？

我们回答吃完了。我的的确确吃完了，吃了个底朝天。我那个南方同学的饭量小，陕西的大碗他端不动，还剩了半碗呢。

那人马上说：剩下的我吃了吧。

说着把我同学的剩饭拉过去，低下头呼噜呼噜狂吃起来了。他不嫌弃别人的残羹剩饭，也不觉得这样尴尬。对了，筷子用的也是我同学用过的。

这人也是个老皮，五十来岁的样子，衣着打扮也算齐整，言谈举止也像经过世面，绝对不像讨饭的。

如果放到现在，我一定会细细地问问他发生了什么。可是那时候我还是个没出校门的学生，懵懵懂懂的，内心其实还是个娃，没有和人沟通的意识和技巧。我和我的同学瞠目结舌，慌忙离开了。

后来，我这个南方的同学说看到有人吃自己的剩饭，而且是个老男人，感觉很腻应，起鸡皮疙瘩的那种。

然后他又说了一句：我妈这辈子都没有吃过我的剩饭。

我把这两张老皮的脸在我的记忆里合二为一了，因为他们都苍老，笑起来都卑贱而谄媚。我后来甚至产生错觉，觉得这两个人其实原本就是一个人。甚至有逻辑关系：因为没饭吃了，所以就去偷东西。

我回想往事的时候，时常想起这个老皮，或者说这两个老皮。我不知道其以后的境遇如何。还是希望能过得好一些吧。

对了，值得一提的是黑娃，那个做贼娃子的黑娃后来开了个小超市，算是金盆洗手，改邪归正了。我也是在大约十年前，买矿泉水无意中到了他的店里，哎哟，这不是黑娃嘛。

故人相见，分外热情。黑娃拉住我不放，嘴也没停。他告诉我，他做过厨师，也开过餐馆，后来开了这个小超市，生意还行。我们说话的时候，他媳妇就在旁边。我怀疑他没有告诉过媳妇他那段"梁上君子"的黑历史。

比较讽刺的是，黑娃的小超市里有监控，他也在防贼娃子呢。

再后来，西安的贼娃子渐渐就很少了，我甚至怀疑天下无贼，西安没有贼娃子了。

耳边飘来了朴树《那些花儿》的歌词：他们都老了吧，他们在哪里呀……

后来西安发生的一件事就提醒我们，贼娃子只是濒危，并未灭绝，还有哩。

有天晚上十一点，两个贼娃子潜入西安体育学院宿舍楼偷东西。说巧不巧，那晚的学生很兴奋，不睡觉，熬油点蜡等着看美国球星科比退役的报道呢。两个贼娃子不幸"翻把"了，欲逃，被体院一大波光着膀子的肌肉男围堵。

活捉贼娃子啦，而且是俩。这个喜讯一经传出，迅速引来校内一千多人前来凑热闹，看稀罕。校园里竟然有了奥运夺金般的喜庆气氛。这群运动健将对贼娃子进行了暴风雨般的拳打脚踢，特别是武术系的小哥更是奋勇当先，施展刚猛拳法将贼娃子从宿舍一直暴揍到校门口……

警察赶到现场，俩贼娃子绝处逢生，如见亲人，喜极而泣，嘶声高呼：叔，叔，警察叔，快救命呀，屎都打出来啦。

就这样，西安的这两个贼娃子在二〇一六年四月十四日这天和球星科比一起结束了自己的职业生涯。

唉，愿天下所有的贼娃子为了少挨打、不挨打，都和黑娃一样，从良了吧。

写于二〇二二年一月

见网友

这篇文章我打算写写本人大学期间见网友的事。当然是见女网友。见男网友能有什么意思。

不过,也仅仅是见网友,没有和网友耍朋友。您也许要失望了,因为本人没有网恋过。别说网恋了,上学期间,我什么类型的恋都没有恋过,白纸一张,实在恓惶。我承认,上学那几年确实也曾经胡乱追求过几个女孩子,不过统统未遂。我第一次真正意义交女朋友,尝到爱情的滋味儿,都是出了校门到了社会上的事情了。

先把情况说明喽,再写正文不迟。好,言归正传。

没有记错的话,应该是二〇〇〇年年初吧,我表弟,二舅家的儿子王晨旭带我去西北工业大学附近的网吧玩。两人合开了一个机子,表弟给我演示呢,我不会,在一旁狗瞅星星,不知道稀稠。我表弟王晨旭，是城里娃，见识多，又是学艺术的，是站在潮流浪尖上的人呢，会耍电脑，把我都佩服死了。

进网吧之前吧，在我的观念里，电脑就是打字员打字用的，而且还是五笔打字，乏味得很。当时学校也开设计算机课了，更乏味，我考了好几次都没有过，害得我差一点拿不到文凭。

表弟那次给我注册了一个 QQ 号，告诉我这是个好东西。这算是那天我唯一的收获吧。当时西安的网吧刚兴起，收费贵得像打劫，一个小时二十元。那时候的二十元，可不是现在的二十元哦。

我当时不觉得 QQ 有什么好玩的，那个号码就闲置着。

几个月后，我们宿舍财大气粗的老唐买了一台电脑，我们宿舍的兄弟喜出望外，排队蹭机。有时候我们也一起在电脑上观摩中外优秀电影。王家卫的《东邪西毒》放得最多，以至于大段大段的台词我们一宿舍人烂熟于心，都会背诵了。

别人蹭机，我也紧跟上，开始是在文学网站"榕树下"溜达，或者看 Flash 动画，印象深刻的是一个说唱神曲《大学自习室》。

后来意识到我还有 QQ 哩，这才胡乱加了几个网友，天南海北的，瞎聊呗。聊啊聊啊，一下子上瘾了。有时候半夜三更爬起来还要去网上留个言，比去食堂打饭还积极。

聊天的时候，同宿舍的老大哥老姜常常端着保温杯站在我身后瞅几眼,还夸哩,说我真会和妹子聊天,又有才又骚情。说得我都不好意思了。

别人催我赶紧下来,他们也要聊呀。老姜就拦着,说:你们不会聊,让老杨聊,你们旁边看,先学习,再实践。

说得我真臊了,赶紧手忙脚乱地下线。

说真心话,那段时间,我们宿舍人把人家老唐的那台电脑用扎实了。老唐高风亮节,非常大方,从来都是笑眯眯的,让兄弟们耍,自己反而很少碰电脑,只是去跳交谊舞,嘣恰恰,转圈圈,汗如雨洒。后来,这台电脑的维护都归老姜了,仿佛和老唐没有一毛钱关系。

毕竟宿舍只有一个电脑,狼多肉少,不够用,我后来还经常跑出学校去上网。一夜之间,大街小巷都是网吧了。学校附近更多。价格也下来了,二十块可以在网上冲浪一晚上,夜宵就是方便面。于是一宿一宿地沉迷其中,不能自拔。

我当时用的网名叫"胡不归",头像是个黑胡子乱如柴的莽夫。当时的QQ头像最多也就二十来个,选来选去,我就觉得这个大胡子顺眼。人没有啥就稀罕啥,现实中的我其实胡须稀少,像个太监。

老姜夸我网上聊天聊得好,也有人不服,同宿舍的小赵就问我,见了几个了?

我愣住了。小赵就说,光聊天不见面,浪费感情浪费电。又告诉我,他都见了三个了。说这话的时候,面有得色。

小赵没有胡说,见网友的事情是真的,我们都知道。小赵已经有女朋友了,还偷偷去见女网友。我们谴责他。他还振振有词:哼,你们一个个,心太脏了。我们可是纯洁的网友见面。

小赵说得其实也没错。二〇〇〇年的时候,QQ 这个社交软件风靡全国,已经出现了见网友的流行趋势。因为当时上网的人基本都是在校大学生,比较单纯,即使线下见面,也真的是"纯洁的网友见面"。也有摩擦出火花的,那也是真情真意。

不过不到一年时间,情况就变了,网络上的人成分复杂了,什么牛鬼蛇神都出来了,见网友也成了找刺激、找"一夜情"的代名词了。说见网友都变成了一件很丢人的事情。所以,直到现在,很多人谈起那段网络纯真年代还是非常怀念的。

其实,那个时候我也想见一个网友的,也想"纯洁的网友见面"。她的网名叫梵一。真名曾经告诉过我的,我已经忘记了。她是河南商丘人,在杭州读大学。什么学校,什么专业,俱忘。当年都聊了什么话,更是不能记起了。

当时的 QQ 网友一上线,会发出咳嗽声,一听到咳嗽声,我就会激动起来,马上要看看是不是梵一上线了。如果是,我就有一种心花怒放的喜悦。就爱和她聊天。心里的话就想对她一个人说,而且有那么多说不完的话。指尖啪啦啪啦打出的字都是甜的,能甜到电脑屏幕对面去。

我把她想象得非常美好,她也应该把我想象得非常美好。那是一种虚幻的美好,滋养着两颗年轻的心。

我们后来也通电话。用校园卡。一张二百元的卡,要是不节省,煲上几次的电话粥,也就用完了。那也舍得,因为电话里就比网上更亲密了,还说过"我好想见你啊"之类的骚情话。

相见还是很不容易的,一个在西安,一个在杭州,天远地远。那时候还是穷学生,不敢相信买个机票就能飞过去。

聊了很久吧,有半年,或者一年,或者更久。已经习惯了这么一个人,后来就一直细水长流地联系着。即使浊世俗尘里有种种不堪和不快,一想到在远方有一个人在默默地记挂着你呢,心底就会涌起一种小阳春般的温暖和满足。

也约好了,等毕业了,胡不归就去杭州看梵一。我不止一次想像那个场景。我们会去杭州的哪里?雷峰塔?灵隐寺?还是龙井?

没有想到,我还没有去杭州呢,却先和另一个网友见面了。

我还有一个网友,网名已忘。也是女大学生,红学会的会员。姑且以红红称之吧。我们聊天就主要聊《红楼梦》。当时我有一门选修课,"红楼梦赏析",听了两耳朵,就现学现卖了。我记得她有一个观点,说西洋美女那首"昨夜朱楼梦,今宵水国吟",其实是薛宝琴作的诗,说得还有理有据,令人信服。

聊了一阵子,突然发现,我们竟然都在西大,你看巧不巧。

要知道，那时候的网络还没有"添加附近的人"功能呢。我们两个的宿舍楼相距不过几十米。彼此都很震惊，觉得非要见面不可了。当下就见了。

见了，反而说的都是淡而无味的闲话，她说了她家是湖北襄樊（现在叫襄阳了）的，家里是做什么的，又说她是多少分考上西大的，又说宿舍的琐事，不过是谁偷用谁洗发水了，谁又睡觉磨牙了之类，反正一句红楼都没有提。我就觉得有些陌生了，这是网上的红红吗？再加上我不想让她知道我在西大读的是自考大专，就嘴夹紧，很惜言。两人出校门，在大学南路没滋没味地逛了一圈，时间差不多了，往宿舍返。

意识到第一次见面，也没有请人家吃个啥，鞋面缝鞋帮，鞋帮连鞋底，鞋底压地上土，干逛，说不过去。我看路边有卖菠萝的，切好了，用一次性筷子插着，泡在玻璃罐的盐水里，好像还算卫生。我就跑过去挑了两块，一人一块。红红说，她不在路上吃，她拿回宿舍吃呀。又说，她宿舍还有个女生和她关系好，一般吃个啥都给彼此带哩。我一听，赶紧把自己手里的也给了她。她举着两块菠萝走了。

回到宿舍，我宣布我见网友了。其他人都问漂亮不，拉手了没有。我也和小赵一样，笑他们心太脏了。他们大笑，说：哈哈哈，肯定不好看，肯定没有拉手，不然你早都轻狂起来了。

第二天上网，碰见梵一了，本来想把见网友红红的事情分享给她听，可博一笑。想了想，还是没有说。

此后和红红没有约过，饭堂打饭倒是遇到过几次，点头而过，在QQ上也不怎么聊红楼了。这就是所谓的"见光死"吧。

突然有一天，和梵一聊天时，她说她有个闺蜜，在西安电子科技大学读书，离我很近。她给闺蜜说了我，闺蜜很好奇，说要代替她来看看我，问我欢迎不欢迎。

我说当然欢迎啊。

几天后，真有人来找我了。我跑到校门口去迎接。就接到一个穿白衣服的女孩子，自称小江，说她是梵一派来的特命全权大使。哎呀，这个女子还很有意思啊。

同宿舍的两个伙计听说来女客了，穿得整整齐齐跑出来看稀罕，还问我，这是你老乡吗？我把情况如实说了。他们都笑，说：老杨，服你了。别人见网友哩，你见网友的朋友哩。

小江也笑，她说她来替梵一把把关，看看我是个什么样子。

"把把关"这话一出来，又当着我舍友的面，我就不好意思了。好像我和梵一在谈婚论嫁一样。我其实那时候挺腼腆，书生气很重的。一个外宿舍的同学很多年后回忆起校园的我，在文章中这样描写：头发有些微鬈，戴一副眼镜，人斯斯文文，气质有点像末代皇帝溥仪。

"溥仪皇帝"非常重视这次会面，先是带小江参观校园，各处都转遍，然后带她去就餐。没有在食堂吃，食堂饭不行，上街吃。为了活跃气氛,我还叫了那两个舍友作陪。四个人说说笑笑地去了。吃的是火锅,或者是麻辣烫,印象里热气腾腾的。还点了啤酒,问她能喝不,她说能,很爽快的样子。我们就给她斟满了酒,干杯,宾主俱欢。

但是没有想到小江酒量太差了。一杯下肚,脸就红了,眼睛也迷离了,演了一出"贵妃醉酒"。一问才知道她喝醪糟也醉哩。

吃完饭,我们几个担心她一个人回不了宿舍,问她要了她宿舍的电话,找了个公用电话,打了过去,让她舍友来接她一下。

等了一会儿,人来了,一胖一瘦两个女生,气势汹汹地,接了小江就走,全程冷着脸,没有和我们几个说一句话。临走时,小江憨态可掬,还给我们不停招手呢。

我知道小江那两个同学横眉冷对吊个脸是什么意思,应该是误会我们了,觉得我们是坏人,故意灌酒把小江灌醉了。冤枉死了。我没说什么,倒是我那两个舍友涨红了脸皮,一股子懊恼怨气在胸中起起伏伏,咒那两个女生大学四年一个男朋友都谈不下。

我则直接去登 QQ 了,我跟梵一说:见了小江了,很奇怪,总觉得小江不是小江,是你来看我了。好几次我都把小江错叫成梵一了。

梵一发了个很顽皮的表情,问我:小江漂亮吧?

我说:你的朋友,能不漂亮吗?

见网友

梵一：我是个恐龙，不敢见你，就找了个美女去见你了。

"恐龙"是当时网上对丑女的戏称。梵一说自己是恐龙，我呵呵一笑。

见小江是四月底的事。因为我记得很清楚，此后是隔了一个"五一"假的。"五一"过后，我和小江第二次见面了。

第一次见面，我和小江也加了QQ。是我在网上约她的。她又来了。第二次见和第一次判若两人。小江化了淡妆，穿了一件露出两条白胳膊的衣服，衣服的颜色也鲜亮。短发，粉面，整个人像凤凰卫视的主持人许戈辉。上次陪客的舍友见了也疑惑，事后也偷偷问我，和上次是不是一个人。我笑着说，是。

然后是第三次见面。我去了她的学校西安电子科技大学找她玩。其实也不是玩。是认认真真地想和小江谈恋爱了。

当时我的身上带了一份连夜写好的情书。打算好了，要表白的。如果万一紧张了，进行不下去，就把信给她。

去时是晚上，我去之前是吃过晚饭的，她也吃过了，见面后她却说不管饭不行，非要请我吃饭，尽地主之谊。最后她给我点的饭菜果然吃不下，浪费了，一大杯加冰的可乐倒是灌下去了。因为当时是夏天，夜里闷热，我因为紧张，也渴。

然后在校园里转，碰到她同学了，朝我们眨眼睛，她也不扭捏，我就有了勇气。在一棵法国梧桐下，我就说通过接触，挺喜欢她的，想和她好，不知道她愿意不愿意。

小江也没有表现出惊慌失措。虽然小我几岁，她显然比我成熟老练。她问我：我们这算是什么？可以告诉梵一吗？梵一知道了多伤心啊。

我赶紧说：我和梵一只是朋友。

小江：只是朋友吗？你这么认为，梵一也这么认为吗？

然后我就无语了，无一语可说。

我默默，小江也默默，都不说话了。没有风，夜色黏稠，蚊子叮咬我们也默默。

过了一会，我说我要走了。小江说送我到校门口。我说别送了。我就走了，走了几步，一回头看她也跟着，我又让她别送了。她这才停步了。我一个人走出校门。在学校门口，我把那封信撕成了渣渣。也没有公交车了，我一步一步走了回去。

一路上，我都在自责，觉得自己龌龊不堪。走着走着，我就狂奔起来，都想寻个车撞一下。

此后我没有脸联系小江了，也没有脸和梵一再聊天了。梵一应该也是通过小江知晓了这事，也断了和我的联系。以后我就很少在QQ找网友聊天了。老姜还问我咋不和妹子聊天了，我拿本书，遮住了脸，说快考试了，我要戒网。

后来我毕业了，参加工作了，紧接着就遇到了我的初恋，一个叫小九的江南女子。热恋很快又失恋，这是昙花一现的爱恋。生活这时候也渐渐显露狰狞，开始毒打我了。每天忙忙碌碌，上班下班，为了一口饭辛苦奔波，学生时代的风花雪月也遗忘到脑后了。唉，哪里顾得上那个了。

突然有一天，我收到了一条QQ留言，很意外，竟然是久不联系的小江发的，她让我去找她，说有事要跟我说。

此时我们不相见已经两年了吧，她应该也是在学校的最后一年，即将毕业了。

也不知道她要说什么。我下班后骑着自行车就去了。当时我上班的地方和她的学校就隔了一条二环路。

见面了，尴尬了一两秒，开始恢复正常，说说笑笑。说着说着，她提出送我一张照片。我说：好呀，你毕业了估计不在西安待了。再见面就不知道什么时候了，照片留念是应该的。

她说：你想错了，不是我的照片。

照片递到我手里，我一看，是一个我不认识的女孩子，穿着裙子，戴着一顶小草帽，笑盈盈的，背景是西湖的断桥。

我马上意识到，这是梵一。我也懂了，这张照片的意思，那是梵一在对我说：胡不归啊胡不归，睁大你的狗眼仔细瞧瞧，本姑娘可不是什么恐龙，是个货真价实的美女哩，而且一点不比小江差。有照片为证。胡不归，哼，你就悔不该当初吧。

后悔于我来说，谈不上，但是羞臊是实打实的，我只瞧了一眼，就脸红得没法仔细看照片第二眼了，更何况小江还在跟前呢。

小江说：这是梵一让我转交你的。毕竟相识一场……

我拿着照片要告辞。小江说：不着急，吃了饭再走吧。

我说：不吃了。

骑上自行车我就走了。一路上心事重重，差点和电线杆子撞了。

回到住处，我想再看看那张照片，但是找不到了。

此后，我和小江再也没有联系过。和梵一就不用说了。我最早的QQ后来被盗了，后来重新注册了一个，想联系她俩也不行了。二十多年过去了，估计她俩都忘记我了吧。我倒是记得她俩的。

那张照片到底到什么地方去了呢？当时是夏天，我穿着短袖，没有带包，也不方便把照片揣裤兜，就放到自行车的车筐里了。轻飘飘一张照片，那么单薄，静静地躺在车筐里，过二环的时候，应该是被一阵风吹走了，而我当时失魂落魄，并没有察觉。

那张照片就和我的青春一样，像一只蝴蝶，飞啊，飞啊，飞到记忆的隐秘之处去啦。

写于二〇二三年九月

买衣服

一九九八年,我告别了小县城淳化,到省城西安读书。学校是西北大学,同学来自五湖四海,十八岁的少男少女一个个都明里暗里追赶时髦哩,少不了要淘汰旧衣服,添置新衣服。我们称之为"换洋皮"。

西北大学周边熙熙攘攘,大学南路、太白路的服装店开了不少,哪家上了新货,哪家要价不硬,我们都摸得门清,太白商厦在当时感觉金碧辉煌,更少不了有事没事进去逛一下。一到周末,我们课本一丢,大张旗鼓地买衣服去。近一点李家村,再远一点就是康复路。学生娃也没有啥钱,就是去这类服装批发城的次数多些。

康复路当年火得一塌糊涂,西北五省有名声。卖衣服的都来这里批发进货,买衣服的都来这里挑挑拣拣,所以人挤人,人拥人，热闹得跟过庙会一样。

记得康复路批发市场的门头上卧了一对巨大的金龙，双龙戏珠。这就更像是庙会了。龙的肚子底下拉条红色的横幅，上写：认真贯彻×××。门两边有胶合板牌子的对联：诚招天下客，誉从信中来。其实也不是对联，因为根本不对仗，也无人细究。我们忙着一个摊子接一个摊子地货比三家哩。

这条路为啥叫康复路，因为原第四军医大学和其附属医院就在这条街上，所以叫康复，意思就是病呀病呀快好吧。印象深的是，康复路的街边夏天有卖刨冰的，但是有知情人说，那冰是医院太平间里冷冻过尸体的。虽然说得有鼻子有眼，该喝照样喝哩。还有娃娃头的雪糕，卖得也好，是个戴小礼帽的笑脸，好像在笑眯眯地吆喝：走过路过不要错过。巴黎时装，香港潮流，物美价廉，誉满全球……

学生娃去康复路买衣服，其实一半是为买衣服，一半是图看热闹，图和卖衣服的讨价还价斗智斗勇哩，图在人堆里挤过来挤过去哩，图交个三毛钱排队上厕所哩……结果到最后被贼娃子摸了钱包。气归气，骂归骂，下个礼拜别人喊一声"买衣服走"，又去了，毕竟康复路在当年也算是时尚打卡胜地呀。

女为悦己者容。其实男女都一样。青春期，正怀春呢，时时刻刻都在想着谈对象，不好好捯饬一下，说不过去。年轻也确实好，根本不用化妆品，一个个唇红齿白眼睛亮，腮帮子满是胶原蛋白，长个青春痘都是桃花发苞一样俏皮可爱，稍一打扮就更好看了。哪怕是随随便便穿个牛仔裤，套个白衬衫，都是有光彩的。

我承认，那段时间我非常肤浅，修外不修内，很是注重个人形象，用我们老家的土话说就是"驴粪蛋蛋外面光，不知道里面受的是啥恓惶"。我头发天生自来卷，羡慕人家头发直的，一会梳中分呀，一会梳偏分呀，一个个标志极了。我胡成精，还偷偷溜到学校宿舍楼底下的理发店做过一回拉直。药膏往头发上一抹，又痒又臭，我却满怀期待和欣喜。直是直了，睡了一觉，枕头上一趾，第二天一起床又弯了。这才悻悻作罢。

头发放任自流了，又在穿衣打扮上做文章。我那时候审美观没有成型，又不知道受了什么不良影响，整天幻想一袭黑色风衣披在身上，在校园里孤独行走，那肯定酷毙啦。十八岁的我就是那么愚蠢和肤浅。

有一回，我跟关系不错的女同学董璇在课间胡诌呢，顺嘴就说了自己对黑风衣的憧憬和向往。董璇是西安本地女娃，多才多艺，会拉手风琴，会朗诵，还会砍价。很多男生买衣服都不会砍价，胡砍哩，笨嘴笨舌，不得要领，所以都喜欢带上董璇去帮忙砍。董璇出马，一个顶俩。董璇也乐此不疲。

我说得郑重，还用笔在纸上画了心目中理想的黑风衣的款式示意图。董璇说：喜欢就买嘛，人活一张皮哩。

我说：没有瞅着哪里有卖的。

董璇说：我给你留神。

我说：好。

有一次我们几个同学在钟楼附近逛。那时候钟楼周边多热闹呀，我们这些学生娃把连接钟楼的东西南北四条大街逛扎实了。特别是圣诞节前的平安夜，我们成群结队地进城，以钟楼为中心，头上戴个尖尖红帽子，开始游街，就是走来走去，人挤人，人拥人，交通都瘫痪了。有意思吗？好像也挺有意思的。就这样就把这个洋节给过了。问啥是圣诞节，啥是平安夜，好像也都说不清。

那天去了钟楼，因为不是圣诞节，也没有戴尖尖帽子。钟楼小奶糕是必须要吃的，寒冬腊月也要吃。去了钟楼不吃钟楼小奶糕，就好像缺了点啥，不圆满了。钟楼小奶糕的牌子多，好几家子哩，有"钟楼""钟鼓楼"，还有"滚雪球"。我常吃的是"滚雪球"。这名字起得好，口味也多，有奶油的，有红豆的，有绿豆的，有可可的，还有草莓的，真有草莓果肉，还带着草莓的籽哩。五毛钱一根，也不贵。当时的公交车车票也是五毛。有时候无聊，花五毛钱坐车到钟楼，花五毛钱吃一根钟楼小奶糕，不花一毛钱看一眼钟楼，再花五毛钱回学校。总共花了一块五毛钱，有吃有逛，你看划算不划算。

那天，我们几个人吃了小奶糕，董璇带我去骡马市的一家服装店去看黑风衣。果然有。要价三百九，这对学生娃来说，就是勒紧裤腰带的价。我对镜试穿了，看着镜子里自己的倩影，心里盘算着要不要从伙食费里挤出来几百块钱。董璇要是能帮我砍个价，我就豁出去了，买呀。

其他几个同学撺掇着我买呢，这时候董璇把我拉出店，悄悄跟我说：别买了。我咋感觉你好像不适合穿黑风衣。

我的脸一下子就红了。我当时的理解是，董璇觉得我不帅，土锤一个，配不上那件酷酷的黑风衣。顿时，我自卑到不能呼吸了。我又想起了我们老家的一句土话：黑馍就酸菜，丑人爱作怪。

年轻的时候对别人的看法在意得很。董璇说不合适，我就觉得不合适了。放到现在，我才不管别人说啥呢，我的草原我的马，我想咋耍就咋耍。那时候不行，别人说鸡蛋不是圆的，我马上觉得有棱有角哩。

后来，别说黑风衣了，什么风衣、雨衣、雷衣、电衣，我都没有穿过。

董璇其实当年对我有那么一点点，一点点的意思的。这是我后知后觉品出来的，当时傻乎乎的，不好好研究下女人心，光想着穿黑风衣扮酷。那一点点，一点点的意思也就烟消云散了。

关于买衣服还有一件尴尬事。

我买过一次褐色的皮夹克。当然不是真皮了，人造革，卖衣服的老板也告诉我，不是真皮，是叫什么油皮，是不是这个

"油"字我也不懂。管他呢，反正便宜，反正是我这辈子穿过最帅的衣服，说句不要脸的话：不穿它，刘德华比我帅；穿上它，我比刘德华帅。所以我把这件皮夹克当作提升个人魅力的"黄金战袍"来穿，异常珍视。过季不穿了，我怕放箱子里压坏了，就小心翼翼用衣服撑子挂起来，挂在我床铺的墙上。挂香肠腊肉一般，挂了一冬。

第二年春暖花开了，我取下"黄金战袍"穿上，信心满满去上课。授课老师名字想不起来了，应该是姓赵吧。赵老师以前在新华社新疆分社做记者，寻找彭加木的报道就是他写的。赵老师当时满头白发了，人很慈祥，课间休息就端着茶杯和我们说几句闲话。

那天赵老师抿了一口茶，笑眯眯地说：你们这一代人穿衣服都讲个性。前几天我看见我外甥女的衣服上有一团一团的白灰。我心想，这孩子，刚给家里刷墙了吧，蹭了一身的灰。我就问她了，衣服脏了咋不换件干净的呢。她就笑，说我老古董，说她那是时兴衣服，时装店买的，不便宜哩。

我们也跟着笑。赵老师又一指我的袖子，说：小杨，你这衣服也有个性。

被点名了，我赶紧检查我的袖口。天呀，这才发现袖口的皮子全部开裂，外面那层膜，一条一条地挂着，随风飘荡。而且那一缕一缕开裂得还特整齐，别说，还真有点刻意为之的意思呢。记得歌星迈克·杰克逊就穿过袖口带流苏的衣服。我们陕西的土

买衣服

话把这种风格叫作"絮絮落落",是丝丝缕缕不利落的意思。

看着我絮絮落落的袖口,我哭笑皆非。便宜没好货呀,放了一冬,假皮革表面的涂层老化了,开裂了,剥落了,就成了这贼式子了。当时买的时候我图便宜哩,根本就没有想到这一层。真丢人,男同学暂不管他,女同学肯定都在偷偷取笑我了。呜呜呜,恋爱看是谈不成了。

我苦笑着,真想给赵老师解释一下:好我的赵老师呀,我这不是要时髦,是寒碜。

当时我就发下宏愿,等我以后有钱了,一定要买一件真皮的夹克。美好的梦想至今没有实现。别说皮夹克了,皮帽子、皮裤子、皮袜子、皮口罩、皮裤头……啥都没置办下。

那时候我穿的裤子基本上都是牛仔裤,当年清瘦,腿长,穿牛仔裤真精神。后来胖了,就不爱穿牛仔裤了,腰紧,蹲不下去,吃羊肉泡馍吃到一半要偷偷松裤带,裤裆也容易磨透。我是大约三十六岁时彻底和牛仔裤告别的。

上学期间只要碰见喜欢的牛仔裤就赶紧买,穿不过来也买,攒着。同宿舍的老姜也是牛仔裤爱好者,他还教我"养牛"哩,其实就是偷懒,穿得再脏都不洗。

我最喜欢的一条牛仔裤是在东大街一家专门卖牛仔裤的店里买的,就在钟楼邮政大楼的东侧第一家。那家店我如今死活想不起来叫什么名字了。

我穿那条裤子去学校附近的边家村工人文化宫看电影,看完电影又去我大舅家蹭饭。我大舅当时在长安南路草场坡的唐乐宫住,楼的外墙上有马赛克拼出来的敦煌飞天图。唐乐宫离我学校不远。上大学那几年,我有事没事就去蹭饭。我大妗子做的红烧鱼真好吃。我大妗子爱跟我开玩笑,说:外甥是狗,吃了就走。

那天我一去,我大舅就发现我的屁股上粘了一坨口香糖,抠都抠不下来。应该是谁嚼厌了吐在电影院的座椅上,我又一屁股坐上去,这就粘上了。

我心疼得冒汗。我大舅说没事,没事,让我把裤子脱下来,他找来汽油或者玻璃水之类的东西给我清理。我大舅有很多科学或者不科学的生活小妙招。比如我从自行车上跳下来,膝盖蹭掉了皮,我大舅给我膝盖抹牙膏,说保管又消炎又清凉。

清理完那坨口香糖,我大舅很有成就感,把裤子一抖,说:舅把你这条裤子给挽救下来了。

我却觉得毕竟有污渍,不能如新,不能再穿,但是不好意思说我要扔呀,我怕我大舅批评我,说我不勤俭惜物,不懂"一粥一饭,当思来处不易;半丝半缕,恒念物力维艰"。

后来我偷偷跑到东大街再去买了一条新的。那时候真不明白"劝君莫惜金缕衣,劝君须惜少年时"。不好好学习,光知道吃、穿、逛,交女朋友,问题是大学期间一个女朋友都没有交下。

那时候从家里领生活费,数额有限,买衣服,就要从吃上省。

其实我还是很愿意在吃上花钱的。羊肉泡馍和大盘鸡不香吗？

我们宿舍的老蓝就和我相反。舍不得吃，舍不得喝，也要买衣服。他吃方便面，调料包只放一半，剩下的一半留着，买了大馒头，掰开，把剩下的方便面调料一夹，又是一顿。吃完就出门了，问干啥去呀，答：买衣服去呀。

老蓝的衣服一买回来还没上身呢，就不爱了，往床上一丢，嘴里嘟囔：又没买好。唉，又没啥穿了。

每次老蓝感叹"又没有衣服穿了"的时候，我们几个就赶紧说：不许借我的衣服。谁过来借是猪，我往出借是狗。

老蓝有借人衣服穿的毛病哩。

西大读书时，经常路过边家村工人文化宫，那里原来有一排临街的服装店，其中有一家店的橱窗里展示了一件夹克，吸引着我。小领子，带拉链，很简洁。颜色是绿中带灰，布料厚实有质感。每次走过橱窗我都要多看几眼，想象穿在自己身上的效果。我觉得我穿上它可以颠倒众生。

后来实在喜欢，去试穿了，老板大呼小叫：好我的天神，你真是个衣服架子，穿到你身上合适极了。这就是给你定做的嘛。不要脱，不要脱，就这么穿出去。

我知道谁去了老板都会这么说，我还是迷失了。一问价，两百多。有点贵。那时候的物价，一碗羊肉泡馍才五块钱呀。老板是个瘦瘦小小的人，见我有点犹豫，就鼓励我，说：年轻人，洒脱些。爱了就买，买了就穿，人活一张皮哩。

我听这话熟熟的，就买了。

买回来天还热，秋老虎，蝉鸣震耳，还没有到穿它的时候，只能收进箱子，然后天天等着天凉下来。终于天凉了，我穿上了它，不知道为什么，脸上平平的，心里淡淡的，没有一点点穿新衣服的张狂和欣喜，该看书看书，该睡觉睡觉。

从那以后，我对穿衣打扮就没有什么兴趣了。而且以买衣服为累，又要挑呀，又要比呀。有那时间干点啥不好呢。有时候胡思乱想，觉得还是做动物好啊，你看老虎豹子，天生自带皮衣，还有花花图案哩。人家就不操心今天穿啥呀，明天穿啥呀，所以可以潜下心来专注业务，终成兽中之雄。

好像爱买衣服就是读大学的那头一两年。初次离家，异地读书，天不收地不管了，彻底放开了，买衣服估计也是在感受自己当家作主的那种感觉吧。

后来逐渐懒散下来，彻底走邋遢路线，觉得有的穿就行了。西安春秋短，冬夏长，冬天有两套换洗的棉衣，夏天四五件短袖就可以应付。一次性添置好，几年都不用费心思。追女娃的时候我也是不修边幅的，一些女娃有品位，还说我洒脱不羁哩。

漂亮衣服对于那时的我来说，吸引力确实不大啦。又不上台唱戏，又不做小白脸，穿那么漂亮给谁看呀。自己花钱穿给别人看，划不来。再说了，长得不行，穿啥都白搭。长得好，穿啥都好，跟美衣华服关系不大。虽说"人活一张皮"，那是你眼睛珠子老盯着这一张皮哩。人活啥呢？人活一口气哩。还是要修德，不然穿得再好，也只是衣冠禽兽。反正我又不去联合国开会，所以这一辈子都没有西装革履过。特别板正的衣服我都没有穿过，嫌不自在，站不能站，卧不能卧的。我有个朋友，文武双全，一身正气，又练散打，又搞书法，老说是男人就应该穿立领。我没有立领，我不是男人，又能咋？

我还是喜欢夏天呀，一模一样的短袖一次在网上买上好几件，也就一百来块钱，就能换洗过来了，再配个短裤拖鞋，齐了。去西瓜摊吃瓜是它，去和朋友吃葫芦头是它，骑小电驴带娃去打乒乓球也是它。穿到秋天，有窟窿眼了，一扔，不心疼，下一个夏天再买新的。

对了，那件绿色的夹克我穿了差不多十年吧。洗得发白，似乎更有质感了，上身也舒服。从此明白了一个道理，旧衣服比新衣服好啊，就是古人常说的"人不如新，衣不如旧"。

有次，一个朋友在我处喝茶，风雨大作，等雨停了已是深夜，夜凉，就把我那件绿夹克披走了。披走了也没有还。

我至今还挺怀念那件绿夹克的，其实怀念的是那段青葱年华。

写于二〇二三年九月

逛小寨

我刚来西安读书的时候,是一九九八年。那时候小寨还没有赛格,却已是西安城中仅次于钟楼的热闹繁华之地。当时就有"金小寨、银钟楼"一说,意思是小寨其实还压钟楼一头哩。甚至有西安人开玩笑说小寨是宇宙中心,不然为啥人都四面八方往小寨涌来呢?这话也没有人觉得是胡说八道,一品,好像还很有道理。

西安南郊的高校多,学生娃没事就爱逛个小寨。小寨就是被千千万万个学生娃逛热闹的。这千千万万个逛小寨的学生娃里就有一个我。学生娃也没啥钱,逛也是干轱辘不膏油,这个店进,那个店出,啥啥都不买,拿两条腿和一双眼窝逛哩。顶多到音乐学院南边的百汇市场买个磁带,买个指甲油,那就算出血了。到小寨工人文化宫打个台球,看个电影,那就是顶天了。就这,乐此不疲，动不动呼朋唤友就去了。现在想来，有点瓜哦。

小寨其实不小，着实够逛。西安人观念中的小寨是个大概念，以小寨十字为中心，西起吉祥村，东至翠华路，北到省图书馆，南到陕师大，甚至到电视塔。这一片区域基本都可以界定为小寨。

小寨的名称来源于小寨村。小寨村就在省军区东门的街对面，如今已经成为蜷缩在高楼大厦夹缝中的小小城中村了，并不起眼，很多人经常从小寨村口路过呢，硬是没有留意过。对面军区门口的那些白杨树倒是一年一年地，越发高大粗壮了，让人想起一首歌：一棵呀小白杨，长在哨所旁……

省军区军人服务社多年来一直红红火火，名声赫赫。物美价廉没假货，售货员基本都是军嫂，服务态度好，军民鱼水情拿捏得牢牢的。我有个同学，家在小寨的儿童剧院家属院，听说他家老人至今吃酱油吃醋，甚至吃一块豆腐乳还要去军人服务社买散的哩，从来不买瓶装的。吃了一辈子了，吃习惯了，说军人服务社的就是香。

印象极深的是，当年军人服务社路边的一溜水泥台阶上满满当当地坐了一群大学生。这是一个自发兴起的家教市场。西大呀，交大呀，师大呀，外院啊……有想带家教挣钱的学生，就拿本书往那台阶上一坐，头一低只顾看书，一看就是个奋发向上的好青年。有想请家教的家长，自会过来搭话。三言两语，三槌两棒子，两厢就谈妥了，学生起身把书一合，沟子上的土一拍，当即就跟着带家教去了。

我刚来西安那会，对小寨的印象是"黑中巴"和三轮车。小寨人多车多，交警叔叔忙得顾不过来管，睁一只眼闭一只眼。

"黑中巴"都是朝南去长安县（今西安市长安区）方向的，车停在小寨十字路边，车窗里探出一张青年的脸，用陕西话大声吆喝：韦曲，韦曲。两声连着喊，有催促上车的意思。有时还拍打着铁皮车身，那更是火急火燎了。韦曲是个地名，在长安县。

师大呀，外院呀，政法呀，这些学校的学生来小寨或者从小寨返校，基本都是顺路坐这"韦曲，韦曲"的"黑中巴"的，比坐公交车方便。当年南郊很多学校的外省学生，来西安最早学会的三句陕西话，一是"华商报"，因为满大街都是吆喝卖《华商报》的；二就是这"韦曲，韦曲"；三不提了，不文明。

三轮车多是古城牌的。厂子就在小寨西边的吉祥村，最早做上水器，在陕西电视台打广告，脍炙人口。碎娃记住了，当歌谣念哩：住楼，住楼，用水发愁，不是没水，水压不足；古城牌自动上水器，老山前线有名气。

当时对越自卫反击战，咱们的解放军在老山前线浴血奋战哩，这个厂子估计是捐钱支援了的。后来这个厂子不做上水器了，转型做三轮车。西安满大街跑的三轮车后面都印着大大的"古城"两个字，又等于做了广告。

在小寨蹬三轮车的基本都是五六十岁半老不老的老汉，多是高陵、临潼、蓝田等周边进城务工的农民。夏天戴个烂边子草帽，冬天戴个"火车头"棉帽子，形象上也是不脱农民本色。三轮车的露天车厢上搭着木板，木板用毡布包了，拉货的时候不会磕碰，拉人的时候就是座位。人坐着悠悠看景，比挤公交车强。公交车能把人挤成肉夹馍不说，贼娃子那时候还贼多。

三轮车基本都是从西往东，从东往西，就这么从吉祥村到翠华路之间来来回回，招手停，拉一个人好像是五毛钱。我应该没有记错吧。

三轮车最挣钱的是夏天，下过暴雨之后。当时西安的排水系统没做好，一下暴雨，小寨十字就淹了。用西安羊肉泡馍的一个术语来说，就是"水围城"。行人困在路边行不得。个子高的水淹了腿，个子低的淹了腰，公交车发狠往前一冲，掀起巨浪，管你个子高的、个子低的，全都被浪打翻到水里了。积水漫过了军人服务社的水泥台阶，售货员赶紧拿扫帚扫，拿盆舀……这时候，三轮车就来摆渡了。这时候，就不是五毛一次了，是两块，三块，甚至五块了。当时一碗羊肉泡馍也不过五块钱。

我大学毕业刚在 A 报社上班那会，和一个在西安读书的江南姑娘好上了，那是我的初恋。她叫小九。和我一样，文艺青年，被几首唐诗哄到西安来啦。

相恋在夏天，我们不怕热，常在这座古城游玩，去了那么多地方啊：城墙的砖头挨着砖头，莲湖公园的荷花挨着荷花，回民街的好吃的挨着好吃的，八仙庵的神仙挨着神仙，西仓的老汉挨着老汉，碑林的石碑挨着石碑，石碑上则是字挨着字……而去的最多的地方毫无疑问应该是小寨，离得近嘛。小寨的三轮车是没有少坐的。三轮车上，我挨着小九，小九挨着我。

犹记得，一次去陕西历史博物馆，看了近乎一天，看完出来，脚颇酸，我和小九在大门口的水池沿子上坐了歇着，喝水，吃面包。身后的水池里静静地卧了一头石鲸。汉武帝时，以巨石刻两头石鲸，一归昆明池，一归太液池。太液池的石鲸后来就被安置到这陕西历史博物馆外的水池中了。

我、小九、石鲸在黄昏里静默，时间仿佛静止了。我们的心里满是欢愉。坐了好久，都不知是多久，夜色渐浓，仿佛大鲸跃出，阴影遮天蔽日。我第一次见识到了西安夏夜的美，只觉清风清，明月明，法国梧桐树影斑驳，街市人影绰绰，小寨像一曲探戈。

回去时，我们就是坐了三轮车回去的。伸出手，风就在指缝间游走。三轮车在前驰，整个城市仿佛都微微在动，人在车上也如醉酒。这就是坐三轮车的乐趣。我没有去过江南，就想在江南坐乌篷船大概也就是这个感觉吧。那一刻，我想要小寨无限大，想让三轮车永远不停。

小寨吃饭的地方以纬二街附近的馆子为多。记忆里，我和小九第一次单独吃饭就是在纬二街的"小六汤包"。还在"小六汤包"附近的一家餐厅吃过一次炒菜。店名想不起来了。那次一起吃饭的还有老古。老古是我朋友老刘的朋友，那也算朋友了。他在附近上班，就喊他过来一起吃了。老古研究易经，爱给人算命。我不信那一套，但我爱耍爱热闹，吃饭时起哄让老古露一手，给我和小九算算。老古神神秘秘，说了好多让人似懂非懂的话，好像大意是我俩，一个是火命，一个是水命。我和小九一交换眼神，心想，这货是暗示我俩水火不容，情难长久吗？老古表演完毕，不言传了，认认真真扒饭，青椒炒肉真下米饭呀。

后来，我跟老刘说起这事，老刘像被踩了尾巴，叫了起来：老古是肝炎，你不知道？你胆大的还跟他一个盘子操菜哩！

纬二街以南，盘踞着号称"西安八大城中村"之二的八里村和杨家村，还有瓦胡同和长延堡这样不大不小的村。不管大小，一个村人挤人好歹都能挤好几万人。只要不嫌脏，村里面好吃的更多。有次在八里村里逛，竟然发现了一家淳化饸饹店。当时淳化人在西安开店卖饸饹的还真不多。我带小九吃了一次，也算带她去过我的故乡淳化了。

繁华的小寨也有幽静去处，因为小寨十字西侧还藏着一座大兴善寺。这是佛教密宗的祖庭，内供大黑天。

记得我小时候来西安大舅家过暑假，大舅曾经带我来此玩过。那时大兴善寺已荒废，仅剩刻有"五冈唐镇"匾额的山门和院内几间破破烂烂的大殿，没有见到和尚，挂的招牌也是"小寨公园"。进里面去，也就是种了几棵牡丹、几排冬青，有两架秋千、一个跷跷板可玩。还有一个迷宫，用竹篱笆编的，颇有农家田园气息。篱笆用的竹子棍棍应该是拆了竹扫帚得来的。这迷宫属于收费娱乐项目了，走一次两块钱。要是真走迷路，不耐烦了，竹子棍棍一拨，一腿跨过去就是了。

十多年过去了，我和小九再去，六兴善寺已经重修成金碧辉煌的庄严宝刹了。这才像个大寺院的样子嘛。我原本是个无神论者，遇佛不拜，进庙来做游客不做香客的。可那天还是和小九在佛前许愿了。许的什么愿，不记得了。不外是少年不经事的一些矫情和荒唐的话吧。

那个夏天，小寨留下了我和小九那么多的影子，深深浅浅，而后零落，犹如水火，终是两路。

我和小九也是在小寨分手的。我们拖着影子默默走，在长安南路，一直朝北，从小寨十字一直走到南二环的立交桥上。桥上立定，我不看她，她不看我，我们只是看桥下车来车往。绿化带里的石榴树上结着青色的果子。过了半晌，她委婉地说出了分手的话，我听着，强撑着。车辆穿梭，我感受到了桥身的颤抖。

此后，我和小九两个人的小寨就变成了我一个人的小寨。我一个人坐三轮车过小寨，清风依旧清，明月依旧明，法国梧桐的树影依旧斑驳，街市的人影依旧绰绰，小寨似乎还是那个小寨，又似乎不是了。

此后也有过几段无疾而终的恋爱，只开花不结果，一不小心自己就跻身大龄未婚青年之列，于是开始频繁相亲。而相亲地点也绝大多数选择在小寨。大家来小寨都方便嘛，小寨是宇宙中心嘛。

我喜欢把碰头的地方定在汉唐书城。说到汉唐书城不得不提一嘴，原来小寨有个关中大书房。这家书店办得真不错，西安的爱书人都去逛。可惜开了几年就没了，汉唐书城倒是硬撑了下来。

碰头地点定在汉唐书城，除了好找，另有好处是，我要是去早了可以去看看书，不至于等得无聊。坏处是，有时候会看得入迷，流连在书海里，结果是，误了时间，恼了佳人，相亲大业又添败绩。

我在寻媳妇的路上屡败屡战着，直到最后一次相亲。我把那次相亲戏称为我的第一百次相亲。

那次相亲在小寨西路的一家咖啡馆。就在东方大酒店的对面，可惜我把店名忘记了。当时是春节后，街上还有未消的残雪。我那时住在长安大学城，山高水远，打个车匆匆赶过来还是迟到了。

相亲的女生是一个恬静又秀美的人，已经点了一壶茶在等我了。好巧，我们都不喝咖啡，只喝茶。我以为我的迟到会给我严重减分，没想到我们从此频繁约会起来。春天来了，一天一天地变暖。

她有小寨一家火锅店的优惠券，我们去消费掉了。两个人也居然吃得热热闹闹。吃完后满身的火锅味，然后逛街，借此散味。从小寨西路往西，到吉祥村十字往南，走着走着就把她送回住处了。她又少不了引我去参观了她所在的大学，在校园里转了一圈。临了，她用手指了指一处单元楼，说她就住在那里。

她住的房子临街，在二楼。我惊喜地发现，我这些年来，很多次骑自行车路过她的窗下。哎呀，我怎么没有想到窗里有一个那么好的人呢。要是早早就未卜先知了，我就在路边的女贞树上摘一把小果子扔上去，敲她的窗呀。

不久，我们结婚了。领证的时候，小寨街边的桂花都开了，真香啊，浓稠得像勾了个芡。那天，我媳妇化了个淡淡的妆，其实不化妆都是好看的。

毕竟长安大学城太远，我的那套房子婚后就出租出去了，一点都不留恋。我搬了几纸箱子闲书和瓶瓶罐罐投奔到了我媳妇处，一个爬满了爬山虎的小楼。于是乎，我也算是日日生活在小寨了。这就是我和小寨的缘分。这也是我的福气。

就在我们结婚不久，小寨西路那家咖啡馆就关门大吉，改换门庭了。有时候我想，它的存在也许就是为了促成我们的姻缘吧。任务完成，光荣下岗。但是，每次路过那儿，我还是会觉得有点遗憾。后来有了女儿杨之了，想可以指给她看的：瞧，那就是我和你妈第一次见面的地方哩。

有了女儿，逛小寨又少不了带她了。跟媳妇把假一请，小电驴驮着我父女俩想去哪儿去哪儿了。去天坛西路吃淳化饸饹，去师大路口的摊摊上吃冰粉，去翠华路吃虎子水盆羊肉，去子午路吃张记腊汁肉夹馍……咦，怎么都是吃呢？

其实去得最多的还是大兴善寺。原来去小雁塔多些，后来发现去大兴善寺不用网上预约，想去就去真方便，于是几乎每周都去。对，就是曾经和小九一起去过的大兴善寺。这几年，庙里的香火大旺，也不静幽了，成一熙熙攘攘的所谓"网红打卡"去处。

女儿去了是为撒花生米喂鸽子，顺便看看放生池的大龟小龟。我去了找个石凳坐下，在桃核上刻小菩萨，顺便看看那些穿汉服的小姐姐。

大兴善寺里猫多。还有一对猫咪的石像，你也摸，他也摸，摸来摸去头顶被人摸出了厚厚的包浆。寺里每年秋天都搞"彼岸花节"。我不爱彼岸花这个名字，明明就是石蒜嘛，还要叫个彼岸花，真矫情呀。

出了大兴善寺，就是兴善寺西街，古玩市场不必去了，不多说，懂的都懂。街两边的旧书摊倒是可以瞧瞧。每看到一本曾经读过的旧书，就如逢故人。

朝东走，到长安路上，绕过那个带翅膀的飞天女神像，繁华顿时入眼，可以看到小寨十字的天桥，可以看到赛格国际购物中心了。小寨十字车水马龙依旧，赛格大楼放着金光，能闪瞎人的眼睛，那是一个吃喝玩乐的好地方。

可是，我突然觉得小寨又熟悉又陌生，旧楼换新楼，新楼都是高楼，挤挤挨挨成一个新世界。小寨当年的"黑中巴"和三轮车早都没有了，一下雨，小寨十字也不积水了。来来往往的人，面孔似曾相识。路边的白杨树身上的树疤像眼睛，你看它，它也看你哩。

说到底，心里还是留恋二十多年前，那个三轮车穿行如乌篷船的小寨啊。

　　　　　　　　　　　　　　写于二〇二三年九月

笼笼肉

告别故乡淳化，初来西安读大学那年，是一九九八年。提起那一年，我的脑子里就忍不住想起当年春晚，王菲和那英唱的歌："来吧来吧相约九八，来吧来吧相约一九九八。相约在甜美的春风里，相约那永远的青春年华……"

在我一九九八年的青春年华里，我热衷于在西安市内各大高校串门子，看老乡。说是看老乡，其实就是想逛啦。师大啊，西电啊，交大啊，美院啊……我都逛遍了，这些学校的食堂也吃遍了。当然，我也在西北大学接待了各路老乡的造访。迎来送往，不亦乐乎。

我常去的是师大，陕西师范大学。我真爱这所学校。

我爱师大古香古色的图书馆，我爱图书馆楼身紧附的爬山虎和楼前戳天的老松，我爱松荫下背着英语单词的大学生。

我爸是师大毕业的，当年的工农兵学员。我在我爸的相册上见过师大。但是我第一次去师大，是一九九八年和中学同学甘纲一起去的，去找女同学郝青苹。

在淳化中学上学时，甘纲就暗恋郝青苹。甘纲是农家子弟，郝青苹父母都是县城的机关干部。甘纲自卑，还没有来得及表白，郝青苹就转学了，被父母托人找关系送到咸阳某重点中学念书去了。

熬不过相思，甘纲某天准备去咸阳看看郝青苹。早早洗了头，洗了衣服，一件帅气的白色夹克，那是他最体面的衣服，准备穿了它精精神神去见郝青苹。想要俏，一身孝。甘纲脸白，丹凤眼，穿白衣服确实好看。

临走了，糟糕，夹克还没有干透。同宿舍的都给他出谋划策，有人说去理发馆找个吹风机吹一吹，有人说去食堂灶上烤一烤。甘纲着急见郝青苹，等不得，湿衣服胡乱一披，忙慌失火地窜到车站搭车去了。去了以后，郝青苹的学校军事化管理，铁门高得很，保安歪得很，根本就进不去。

甘纲悻悻归来，夹克这时候是干了，脊背上却起了大片大片的红疙瘩。我们那时候年轻，不懂事，不安慰，还要笑，说红疙瘩原来也是相思病的一部分。还问也痒不痒，要不要帮忙挠挠。"白夹克没晾干，脊背出了红点点"就成了经典段子。

两三年后，郝青苹考上陕师大，甘纲考上西北政法，两个学

笼笼肉　　　　　　　　　　　　　　　　　　　　　　　　059

校离得那么近。近水楼台先得月。甘纲的心又蠢蠢欲动了,他知道我在西北大学,是个讲义气的,就想约了我给他壮胆,一起去找郝青苹。

嗨,费劲了。那时候穷学生腰里又没有别寻呼机,手机还没有普及,更别想了。甘纲要给我们宿舍打电话说这事,一直占线打不通,因为电话被人霸占着煲电话粥。甘纲干脆跑到西北大学来找我,我又上课去了,不在宿舍。他就一直在我们宿舍楼下花坛上老老实实地坐着等,望眼欲穿。等到了,他把来意一说,我也是个好热闹的,顿时劲头比他还大,说走就走,直取师大。

到了师大又是无头苍蝇,乱扑乱撞。那是个秋老虎的天气,我俩的短袖都湿透了。最后遇到了一个热心同学,在其帮助下才寻到了郝青苹。

郝青苹剪了短发,形象大变。一见我俩,大吃一惊,也挺高兴,眼睛里都闪着星星,带我俩在校园里逛。郝青苹洋气啦,说普通话啦,我也就跟着说普通话。甘纲进城后还是一嘴淳化土话,就没有怎么作声,听我俩谈笑风生。

后来我意识到自己只是个灯泡,就闭嘴了。但是我一闭嘴,他俩又无话。三人寂寂,颇尴尬。我只能没话找话,我说师大的图书馆真好看啊。郝青苹也说好看,还说是梁思成设计的。这才起了个话头,从梁思成扯到林徽因,又扯到徐志摩。不过,还是我和郝青苹说,甘纲继续装闷葫芦。

火烧云起来了，彼此的面孔都暗下去了，篮球场上的投球速度也慢了几帧，到吃晚饭时候了。郝青苹请我们去食堂吃饭。吃的什么都已经忘记了，只记得三人喝了好多瓶苹果味的芬达汽水，打嗝都是苹果味的。

吃完饭，三人出校门分手。临别时，我让他俩下周来西大找我玩。他俩应了，然后散了。

我的意思是他们相约一起来，就像歌里唱的那样："相约在银色的月光下，相约在温暖的情意中。来吧来吧相约九八，来吧来吧相约一九九八……"

他们倒是来了，却是各自来的。郝青苹带来她宿舍的一个广西女娃给她做伴。广西女娃无论是五官还是神情，都有点像台湾女作家三毛。一聊才知道，人家外号就叫三毛。

我请她俩去学校外面吃了个锅包肉和地三鲜。吃完碰上我们班几个男同学，又凑在一起胡诌，完的时候就晚了，公交车等不到，我给她俩叫了个摩的。结果两人扭扭捏捏都不愿意坐到摩托中间，因为不想皮肉挨到摩的师傅。摩的师傅拍着车把手，一个劲保证：我不挨你，我不挨你。我女子都跟你们一样大了，我能挨你？我一辈子清清白白，没有吃过谁豆腐。

甘纲是一个人来的，我请他在"德福祥"吃羊肉泡馍。掰馍时，我问他为啥不和郝青苹一起来。他的头埋进碗里，不言传。甘纲穿了一件白短袖，上面印了一行"别理我，烦着呢"。这似

笼笼肉

乎是王朔的名言。当时把这种衣服叫作文化衫。

我不敢多问了,我害怕甘纲真的烦着呢。

后来,我和甘纲又去逛了几次师大,没有找郝青苹。我问甘纲找不找,他说不找。不找就不找。

有一次,好巧不巧,在师大校园遇上三毛了,就是郝青苹的那个广西女同学。说实话,我当时没有第一时间认出她,她眼尖,认出我了,很热情,上来把我肩膀一拍。仔细一看,三毛嘛。我把三毛和甘纲互相介绍了。三毛要带我们去找郝青苹。我和甘纲互看一眼,都说有事哩,要回呀。

三毛正好要上街去买拖鞋,就说着话从北门一直送我们出来,送到师大路口,又喊我们站住,说要请我们吃个好吃的。原来师大路上有一家卖笼笼肉夹馍的路边摊。三毛说这家没名,其实也有名,附近的学生娃都以"瘦老汉笼笼肉夹馍"呼之。我一看摊主,果然是个有筋有骨的瘦老汉。

我那时候刚来西安,瓜娃一个,啥啥都不知道,哪里吃过什么笼笼肉夹馍呀。凑近一看,明白了。笼笼肉就是粉蒸肉,裹了米粉和佐料,肥瘦相间的肉片红艳艳、油汪汪的,分成一笼一笼在小笼屉里冒着热气蒸着。吃时取一笼用热馍夹着吃。

馍很熟悉嘛,在我们淳化叫"牛舌头",西安这边叫荷叶饼。这种蒸出来的发面饼又白又软又暄腾,为方便夹菜故意对折了一下,叠了起来,就像堆了两个牛舌头。

老板，就是那个瘦老汉，是个利索人，热馍迅速掰开，笼笼肉麻利地往进一倒，夹紧，肉里的油脂就被馍吸饱了。瘦老汉把夹馍递过来，让趁热吃。狠狠咬一口，肉香馍软，真过瘾。

甘纲说：好吃。

我说：真他妈好吃。

三毛要掏钱，我和甘纲总不能真让女生请我们吃东西，抢着把钱付了。甘纲心细，又叫老板再买一个，塑料袋扎得紧紧的，让三毛给郝青苹提回宿舍。

从师大回来，没有几天，有天下课了，在楼道我听见我班两个女同学说闲话，一句"瘦老汉怎么怎么，笼笼肉怎么怎么"就飘进耳朵了。我就多听了一下，原来这俩女生约着去师大路吃笼笼肉呢。哎呀，瘦老汉笼笼肉夹馍的名气这么大啊。我不争气地馋了，同时也觉得奇怪，一个平平无奇的夹馍嘛，咋就吃了一回还想吃第二回哩？

我厚着脸皮问那两个女同学去吃笼笼肉能带我不。

人家说：你没有长腿吗？你不认路吗？还要人带你。要带你也没有问题，那你必须请客。

我说请客就请客。我们三个说说笑笑真去了，到了南郊，路过西北政法，我少不了把甘纲一叫，四个人一起过了马路，大张旗鼓地去师大路吃笼笼肉。

来一回不容易，我吃了三个，甘纲吃了四个，那两个女生每人也消灭了两个。就这还不算喝的可乐和冰峰。现在想来,年轻时候的好胃口真不可思议,咋能装下那么多呢?吃罢,四个人个个都是红辣子嘴圈圈。嗨,谁也别笑话谁。

那两个女同学,一个是新疆的柳青,还有一个是谁,我死活想不起来了。

大学毕业后,柳青就回了乌鲁木齐,一度失联。后来才有了她的微信。聊起往事,我问柳青另外一个去吃笼笼肉的女生是谁,她也想不起来了。但她还惦记着师大路的笼笼肉,说有机会回西安了,再去吃一回,只怕瘦老汉不在了。

她记性好,记得那天吃笼笼肉的一些小细节。她记得我带了一个白白净净的小伙子,吃夹馍的时候,辣子油抹到鼻子上了。她好心递上去了一张纸巾,结果小伙子接过纸巾脸唰的一下,红了。惹得她扑哧一笑。

她是说甘纲呢。

甘纲确实性格内向,是个地道的淳化人。他喜欢郝青苹又能怎样呢,又不敢约人家,又不敢见人家。真是把人急死了。但是,谁又能想到呢,就是这个三棍敲不出一个屁的甘纲悄无声息地脱单了,女朋友就是师大的三毛。

就是那次吃笼笼肉结缘,认识了。后面两人偷偷就好上了。手拉手来西大找我玩,我又在"德福祥"请吃羊肉泡馍。他俩人四只手一伸,纠缠在一个碗里掰馍,你看看我,我看看你,真是肉麻。

泡馍一吃，甘纲就期期艾艾地诉苦，大意是说他俩爱得辛苦，爱得不展脱，只能偷偷摸摸搞地下活动。因为不想让郝青苹知道，怕知道了尴尬。让我给拿主意。

我觉得不可思议，就说：你俩光明正大地恋爱有啥尴尬的，和郝青苹一毛钱关系都没有呀。你一没拉她的手，二没亲她的口，你心里闹啥鬼哩？

我的态度坚定了二人爱的信心。甘纲这才光明正大地去三毛宿舍楼底下接送三毛啦，遇到郝青苹抿嘴一笑，郝青苹也笑呢，甘纲就不好意思了，脸就红了。

郝青苹面上波澜不惊，心里多多少少还是吃了一惊的，还和我通电话说这事。郝青苹告诉我，甘纲来真的，听三毛说，他还带三毛去了咱们老家淳化，他家压了荞面饸饹招待。

哈哈哈，我懂。在我们淳化，女娃吃了男娃家里安排的饸饹，那就算人家的媳妇啦。

郝青苹说她想不通，甘纲看着老实巴交的嘛，咋就不声不响把三毛骗去啦。

我笑了，说：咋可能是甘纲把三毛骗去了，明显是三毛把甘纲这老实疙瘩给收了呀。

郝青苹：好着呢，好着呢，千里姻缘一线牵。

毕业后，甘纲继续留在西安读研。三毛则被家里喊回了广西柳州。别时两人在火车站抱头痛哭,说了来世续缘的话,然后洒泪相别。

三毛回广西先是在当地中学教书,后来考公务员,考上了,都要去报到了,最后还是撇不下甘纲,公务员也不香了,放弃,放弃,瞒着家里又回西安。上了火车才给家里打电话说缘由。

三毛回西安也没跟甘纲说,因为两人三四年都没有联系了,她都不知道甘纲的手机号。她先是找到我,我一见三毛惊得都哆嗦哩。因为就在三天前我还给甘纲介绍了一个女朋友。我还对甘纲说了"旧的不去,新的不来"这样的"反动言论"。面对三毛,我自觉丑陋,心怀愧疚。

我赶紧把三毛回来的事打电话给甘纲汇报,让他自己拿主意。

真没看出,关键时候,甘纲一点不乱,真有主意,他先不见三毛,只是让我给三毛捎话:要是敢和他领结婚证,两人就去领结婚证;要是不敢和他领结婚证,就不要互相耽搁了,从此你吃你的螺蛳粉,我吃我的油泼面。

话给三毛传到,三槌两棒子,他俩快快就领证了。三毛的户口本是三毛她爸她妈她哥她嫂子,她全家坐火车集体送过来的。三毛说她要结婚呀,她家人不但送户口本,嫁妆也一起送过来了。三毛一离家出走后,她家里人瞬间软下来了,三毛说啥就是啥。三毛后来总结出来了:娘家是弹簧,看你强不强;你强它就软，你软它就强。

领完证就办婚礼，在西安摆了几桌酒，少不了又回淳化再压一回饸饹。

甘纲他妈话多，偷偷说这广西媳妇啥啥都好，美中不足就是有些黑瘦，都没有甘纲看着白净。

甘纲他爸是在村里收苹果的，有瓦识，听不得这话，就骂甘纲他妈：你知道个啥，这么好的媳妇你还想咋呀，快悄悄着，不说话没有人把你当哑巴。墨水黑，写文章哩。荞麦黑，压饸饹待客哩。

婚礼上，甘纲他爸讲话，主夸媳妇，情绪激动，把三毛为了他儿子舍弃老家公务员铁饭碗的事说了至少三遍。说得甘纲他妈也抹起了眼泪。

甘纲和三毛结婚热闹，我们淳化同学去吃饸饹的不少。郝青苹没去，因为她当时去了美国。没云也好，那天好几个没眉眼的同学喝大了，郝青苹要是在场，保不齐有二杆子借着酒劲要说"白夹克没晾干，脊背出了红点点"。

我结婚就晚了。甘纲和三毛他俩的娃都能打酱油了，我才红鸾星动。我媳妇也是师大毕业的。三是乎，我和甘纲又多了一层关系，都是师大女婿。

我媳妇学外语，正是师大松荫下背着英语单词的女大学生。我问她吃过师大路的瘦老汉笼笼肉夹馍没有，她说吃过呀，我马上觉得真好呀,真好呀。

可惜的是,后来那家瘦老汉笼笼肉夹馍的摊子就找不到了。估计瘦老汉收了摊子,颐养天年去了吧。此后,南郊上学的孩子只知道师大路有个羊城夹馍,而不知道曾经还有个江湖地位更高的瘦老汉笼笼肉夹馍了。

直至今日,我还有一个习惯,街上遇上卖笼笼肉夹馍的,管他瘦老汉还是胖老汉,要一个吃了解馋再说。吃完了,再买一个,给我媳妇捎回去。我吃,必要挑肉肥油大的。我媳妇吃,要再挖一勺油泼辣子浇上去。

我问甘纲是不是这样。甘纲说,他碰上了也会买一个吃的,但是他自己偷偷吃,不给三毛捎。

我问他为啥,三毛那么瘦,还减肥吗?甘纲搓搓手,说了实情。

原来,结婚后三毛对一件小事耿耿于怀,那就是他俩第一次在师大见面,三毛请大家吃笼笼肉夹馍,甘纲居然不忘给不在场的郝青苹买一个。这事三毛牢牢记住啦。于是,往后只要一提笼笼肉夹馍,三毛的醋坛子瞬间就会打翻。

写于二〇二三年五月

下馆子

一九九八年秋，我从老家淳化来西安读书。来的时候明明是个瘦子，一两年就把自己呼哧呼哧吃胖了，像撒了尿素，像用气管打了气。老家人见了我，赞叹说西安的水土好，真养人。我臊得不行。我知道，是我馋得很，管不住嘴。

我就读的西北大学在城墙的西南角，是个繁华热闹的所在，餐饮店一家挨一家，真不少。加上当时西大跟前的太白路上还有夜市，烟熏火燎地吹着香风，不由得人就敞开肚皮了。

当然，穷学生，口袋钱不多。吃个肯德基都当吃西餐了哩。除了个别时候要请女同学，打肿脸充胖子，去一下有点档次的馆子充阔之外，一般都去苍蝇馆子打牙祭。好吃就行了，不考虑别的，连地沟油呀苏丹红呀都不带怕的。

西大附近原来有个餐厅叫"将进酒"，名气很大。我去西大一两年后，这家店不知道为啥，急急忙忙给拆了。拆之前去吃过一次，饭菜质量一般，那拆了就拆了吧。我能记住它，完全是因为它叫"将进酒"。李白的诗，我爱读。将进酒，杯莫停，与君歌一曲，请君为我倾耳听。哈哈哈。

西大西门附近后来还开了一家饭店叫"高老庄"。是《西游记》里猪八戒强娶民女高翠兰的高老庄吗？不是。贾平凹当时在西大，刚出版了长篇小说《高老庄》，西大门口就有人开店叫这个名字了。据说贾老师听说了，笑嘻嘻地带朋友进去吃饭。此饭店红火了一阵子，昙花一现。至始至终，我没有机缘去吃过一回。

魏家凉皮的老店也在西大跟前的大学南路。这儿算是它的龙兴之地。当年看着普普通通一个卖凉皮的苍蝇馆子，谁能想到后来能发展成那么大家业的连锁餐饮店呢。我不怎么爱吃凉皮，当年没有在西大跟前的魏家凉皮老店吃过。所以说它跟我关系也不大。

念念不忘的是西大西门朝南一点太白路上的一家宝鸡岐山面馆，因为不是"将进酒"，店名想不起来了。估计就叫"宝鸡岐山面"吧。主卖酸香酸香的岐山臊子面，也少不了岐山肉臊子夹馍，也带炒菜。我去了一般不吃面，不吃夹馍，会点他们家的回锅肉，就冲这个来的。

我以前在淳化老家的时候光吃了荞面饸饹了，井底之蛙，根本就不知道什么叫回锅肉。偶然一次机会,一个同学带我在这家吃饭,点了几个菜,其中有个回锅肉。我头一回见,盘子里这么大的肥肉片子,油汪汪的。我就心想:咋看着肥囊囊的,一定腻。恐怕都没有炒熟吧,吃了要拉肚子哩。我多聪明的,我可不要吃它。

同学热情,劝我尝尝,拗不过,我勉为其难吃了一口。我的天神呀,咋能这么好吃的啊。香得我浑身抖了一抖。赶紧多夹了两筷子,可不敢让别人吃完了,吃得我满嘴流油,米饭都干了三碗。从此就爱上回锅肉了,至今情有独钟未变心。

看到这篇文章的朋友要是请我吃饭,点菜时我肯定客气,我不点,让你点,你要是能善解人意点个回锅肉,我就要给你点个赞了。对了,一定是蒜苗炒的哦。

动物里的这个鸟呀,破壳出来第一眼看到的活物,管它是青蛙还是王八,都会觉得这就是妈妈。我第一次在岐山面馆吃到回锅肉,我就觉得这是最正宗的,回锅肉就应该是这味。后来我去成都耍,吃了当地的回锅肉,我隐隐觉得,好吃是好吃,但是也有一点糊弄人哩,和我们西大那家宝鸡岐山面馆的回锅肉比,好像差那么点意思。

可惜的是,这家面馆后来搬到大学南路上了。装修上档次了,但是厨子好像换了,做出来的回锅肉就不尽如人意了。只能到别的炒菜馆子碰运气,当然是有时窃喜,有时踩雷。后来我进入社会了，独立生活了，赶紧置办锅灶，然后割它三斤臀尖肉，提它一捆蒜苗，一番整治，实现它个回锅肉自由。我说这话其实也是夸我的厨艺哩。

出西大南门——就是学校食堂送餐车出入的那个门，附近原来有个小店，卖盖浇饭，当年生意特别好，而且只卖糖醋里脊盖浇饭，其他菜没有。吃的人排长队，几乎全是女生，女大学生，也有附近中学的女中学生。老板是个大姐。越忙越开心，一边炒菜，一边哈哈哈地笑哩。把钱挣了，当然高兴嘛。反正我这一辈子就没有见过这么"喜拉"的人。"喜拉"是我们陕西土话，意为潇洒脱俗、大方坦率。也不知道字有没有写错。不管啦。反正感觉吃了她的糖醋里脊，也能那么"喜拉"。

后来这个小店也不见了。搞不清为什么，生意红火得哈哈笑呢，那么"喜拉"，还能关门大吉？遗憾的是因为不好意思在女生堆里挤，当年没有在这家吃过。

其实说来说去，我还是对"陕北王二羊肉面"感情最深。"王二"最早就是一个路边摊，生意越来越好，才开始租赁店面，店面随后越扩越大，成了一个名店。来吃饭的基本都是西北大学和西北工业大学的学生娃，正是长身体的时候，一个比一个能吃。我亲眼见过篮球队的几个人高马大的男生在这里一人点一碗羊肉面，一份洋芋擦擦，还要再来一根炖羊蹄，吓死个人。这要是我娃，这么吃，我估计都养不活。

"王二"的饭量大。洋芋擦擦盛出来就是满满当当小山样的一大盘。用花椒粒和干辣椒炒得香香的,就着蒜瓣吃,很过瘾。很多南方来的同学也来吃,埋着头,认认真真,居然也吃得很香。

和同宿舍的兄弟聚餐,去"王二"比较多。洋芋擦擦来一份可以几个人分着吃,再来一份凉拌羊杂,酸辣口的,多放蒜末和香菜。一人再来一碗热腾腾的羊肉面或者烩粉,就是一顿好饭。当然,百分百会吃撑。管他呢,吃撑了再说。

常去,就跟老板娘学了几句或许并不地道的陕北话。老板娘浓眉大眼,骨架也大,是个典型的陕北俊俏婆姨。二十年过去,送走了多少届学生,竟然丝毫不见老。她家的洋芋擦擦也还是一直那么好吃,真不容易。

今年六月份,路过"王二",想去看看,当时刚吃过饭,肚子还饱着。不为去吃饭,就为去看看。就看见店似乎关了,心里一紧,走近一瞧,玻璃窗上贴了一张告示:"三十年老店换新址,请朝北移步三百米。"

我又想去看看新店,朝北寻了过去,寻到了,不过不是三百米,一千米都有了。没关系,没关系,管他三百米还是一千米,都在西安城哩。我心里这才踏实了些。

可是一想,换新址了,其实就等于把"王二"的过往一刀斩断了。我们当年的那个"王二"已经烟消云散了。心里一阵怅然。

"陕北王二羊肉面"往南原来有个小店专挣西北大学和西北工业大学两校学生的钱。这家店是以包饭闻名的,生意奇好,一到饭点,乌泱乌泱全是来吃饭的大学生。我就曾在这里包过一个月的午饭。

做的是盖浇饭,因为是包饭,做啥你吃啥。米饭敞开吃,菜嘛,全是下米饭的菜,今天是宫保鸡丁,明天是肉末茄子,后天就是爆炒猪肝,熬一大桶绿豆汤或者紫菜汤,放到那儿,自己舀。他们家的菜最受欢迎的是鱼香鸡蛋,其实是吃佐料呢,重油,使劲倒生抽,倒醋,撒白糖和胡椒面,成品了撒大量葱花,再装盘。这么一番操作,其实放不放鸡蛋倒是次要的了。

在这儿吃了一个月我就不吃了。顿顿吃午饭的时候就要出西大往过赶,紧赶慢赶,赶火车一样,怕误过饭点。鞋都要磨出火星了,腿都要抡到月球上去了,真吃不消。关键是他家的饭菜真的不值得人这么紧赶慢赶,想不明白咋有那么多瓜娃扑着扑着往上拥哩。后来在社会上这样的情形见多了,也就不大惊小怪了。只是明白了,你红火了并不代表你强你棒你厉害,你只是红火而已。李白的《将进酒》里都说了,古来圣贤还皆寂寞哩。

这家红火的店后来也不在了。隔壁有个旧书书店,半死不活了许多年,现在却还开着,还是半死不活的。

我写这篇文章可能会让大家有了误解,以为蟠桃叔上学时候天天下馆子哩。其实我主要还是吃学校食堂。如果没有记错，西大当年四个食堂，一个大食堂，一个清真食堂，一个承接会议用餐的餐厅，西门一进来往南那个地方原来还有个食堂，二〇〇〇年吧，给拆了。对了，出西门过天桥，去西大新村，那里也有个食堂。主要是教工和家属在那儿吃饭，学生想去吃，也是可以的。

有次我生病了，没有力气，没有胃口，端个搪瓷盆去学校的大食堂吃饭，转来转去不知道吃啥，最后要了一碗酸汤面。说实话，那碗酸汤面是我在西北大学吃过的最好吃的一顿饭。吃得我浑身舒畅，病都好了。

就好吃过那么一次。西大的食堂，米饭一向又硬又糙，啥菜都一个味，肉带筋，咬不动，就算有几片肉，打饭师傅勺子一抖，到你碗里的也没有多少了。反正天底下学校食堂的饭基本都那个样子，闭着眼睛吃吧。天天吃，就和不让吃肉的李逵一样，嘴里是要淡出个鸟来的。所以需要出学校到街上下馆子调剂调剂。出去吃，遇到好的，同学之间也互相宣传介绍哩。

宿舍小张的女朋友，叫大橘子，也是西大的，唐山人，说话自带喜感。这女娃也爱吃爱喝爱热闹。给我推荐了大学南路上的一家东北菜，让我一定要去尝尝。去了，锅包肉和地三鲜又把我轻而易举地征服了。

大橘子咨询用餐体验，问我好吃不。我实话实说：好吃得要人命哩，好吃得都无法无天了。要是经济条件允许，我都想天天去吃，顿顿去吃。

大橘子觉得脸上有光，很有成就感，又给我推荐了边家村一家油泼面。我又去了，发现附近省人民医院的白衣天使，那么年轻美丽，扎堆端着饭盒，说说笑笑、叽叽喳喳来吃面，一景也。这家店提供整根的黄瓜。来这儿吃面的人，个个提个黄瓜，咔嚓一口黄瓜，吸溜一口面，也是一景也。

吃回来大橘子又问我好吃不。我说，吃完面，筷子我一根一根都舔了。我又给碗里倒了面汤，摇了摇，涮了涮，连面汤都喝干净了。

大橘子一听，捂嘴笑哩。

后来大橘子和小张有矛盾，分手了，她还不忘给我推荐美食，说边家村十字的大盘鸡美得很，里面的洋芋比鸡肉好吃，倒一份白皮面进去，拌一拌，酱汁一裹，香得哇哇叫。

我受了蛊惑，准备去呢，小张知道了，让我站稳立场，不要去吃那个负心女推荐的大盘鸡。

我批评了小张的幼稚和狭隘，不但去了，还拉小张一起去。小张这个倔牛坚决不去，我说：大橘子也去哩，你去不？

小张扭捏了一下，去了。一顿大盘鸡，两人没有了隔夜仇，又好啦。你帮我挑花椒哩，我给你挑面哩，肉麻死了。

我有个中学同学，老樊，我们关系好。在老家淳化读中学时候我们就义结金兰了。后同来西安读书。一到周末，不是他来我们学校找我，就是我去他们学校找他。唉，可惜老樊是个男的。

他来西北大学找我，我不可能请他挤食堂，肯定要下馆子。多半会去附近的"德福祥"吃泡馍。点两份牛肉泡馍，一人俩馍，慢慢掰，一边掰一边谝，天南海北地扯一扯，简直太安逸了。那时候的人都不玩手机，掰馍就认真掰馍，说话就认真说话，听的也认真听。我和老樊当时都瘦，长爪郎，就见四个鸡爪子在那掰呀掰呀，爪爪都掰得发酸了，依然觉得很安逸。

在淳化的时候，我和老樊放学了都各回各家吃饭，没有一次共桌吃饭的机会。倒是经常相约一块上个厕所。到了西安了，真好，可以一起吃饭了。还能喝酒哩。五花马，千金裘，呼儿将出换美酒，与尔同销万古愁。

现在还记得和老樊在"德福祥"吃泡馍的情景，历历在目。清晰到筷子的木纹和碗边的磕角，还有老樊眼镜片后的花眼皮，都仿佛就在眼前。别人是双眼皮，他是三层四层。我曾经开玩笑说：你这是宅基地上盖楼就好了，别人一层两层，你三层四层。

哦对了，"德福祥"的糖蒜有点不够脆，美中不足。人家的泡馍还是很好吃，让人吃不够。还想吃一辈子呢，谁知道"德福祥"特别能折腾，好好的泡馍不卖了，卖小笼包，再后来卖袋装的方便油茶。油茶是工厂加工好的，买回家一小袋一小袋用开水冲着喝。店里卖袋装油茶就没锅没灶了，干净是干净，冷清也确

下馆子　　077

实是冷清。今年边家村工人文化宫拆了,把"德福祥"一道给拆了,啥啥都不剩了。

老樊文气得很,一看就是读书人。他在西安医科大学学医。他们学校东隔壁是陕西财经学院,往西是西安美院。老樊毕业那年,陕财院和西医大打包合并到西安交通大学了,所以老樊拿的是西交大医学院的毕业证。后来读研也是西交大。

陕财院周边的饭馆没有西大的多。现在的小寨公园对面,长安路上,路东,曾经有一家"九月餐厅"。我和老樊当年常去。他家在当时来说,就显得很特别,有一种小资气质。虽然是小馆子,但又精致,又清爽,老板也气质沉静,年纪也不大,像个知识分子。为什么叫九月呢?我和老樊都觉得一定是有故事的。

"九月餐厅"虽然做的都是家常菜,但是用心,有一道豆角红烧肉是必点的。入味,烧够时间了,但是形还在,摆了盘整整齐齐的。不像有些店,炖得一塌糊涂的。

后来老樊考研,读研,开始忙忙碌碌,我们就很少见面了。再后来,老樊去了上海,进了一家大医院,就彻底见不上了。我们的人生轨迹渐行渐远。

老樊离开西安后,我还一个人去"九月餐厅"吃,点一道豆角红烧肉、一碗米饭就够了。肉汁和米饭拌在一起,用勺子挖着吃。好吃是好吃,孤独也是孤独。

有一次我一个人去"九月餐厅"。当时是饭点,座位都满了,我扫了一圈，发现有一桌已经吃完了，三人，两男一女，吃完了但是没有走的意思，在那聊得正起劲。我等了一会儿，有点不耐烦，我问老板能不能催一下那桌人，老板很为难，压低声音说：实在对不起，不行呀，赶客人是大忌。

我当时可能饿糊涂了吧，竟然自己跑去和那一桌客人协商，问人家既然已经吃完了，能不能腾个地方呀。那三人一愣，多少有点不情愿，但还是一言不发，很礼貌地起身走了。我坐上去，开始点菜。菜上来了，我却食之无味。

至今这件事我想起来都觉得自己当时做得不对，满是愧疚。借此文郑重道歉，也不知道那三位客人会不会有机会看到。

"九月餐厅"附近还有一家新疆餐厅，我觉得他们的烤包子好吃，地方也宽敞，厨师和服务员都是"亚克西"，就请一个老哥去吃。老哥可能见多识广，吃过地道的新疆美食，觉得这家的味道很一般，这令我很没面子。后来这家餐厅消失了。

"九月餐厅"北面的位置还开过'小六汤包'的分店。我和小九在这里吃过，当时我们还只是普通朋友。当时她跟我聊她的故乡江南，我的脑子一帧一帧出图画。汤包是好吃的，不过我的心思完全不在吃上。也是第一次发现，有人吃东西也能吃得那么好看。后来这家餐厅消失了。

"小六汤包"再往北，到了十字朝东一拐，有"朱军塘坝鱼"的分店。吃出过一根头发。不争气，过了几天又去吃，又吃出了一根头发。两根头发的长度一致。后来这家餐厅消失了。

"九月餐厅"附近还有一个"天香楼",古香古色的,靠近红专路口了。这"天香楼"和《红楼梦》里的"秦可卿淫丧天香楼"应该没有关系。我妈来西安看我,我当时才参加工作,我带我妈在这里吃饭。我妈一看菜单,说点个土豆丝吧,把我整无语了。我对我妈说,下馆子就是要点让人胆固醇升高的菜哩。后来这家餐厅消失了。

还有一家,好像是卖什么鱼的,店名实在想不起来了。我在这家店请过一个淳化老家的中学同学吃饭。她在附近的研究所上班,所以就近选了这家。那顿饭吃得尴尬。虽然是老同学,但是进社会了,就分了阶层,没有什么共同语言了。我也是脑子进水了,挣得没有人家零头多,还请人家吃饭。那顿饭后,我们再无联系。后来这家餐厅照例消失了。

再后来,"九月餐厅"也消失了。我都没有告诉老樊。因为他去上海后我们各自有各自的生活,就很少联系了。

二十年很快就过去了。这时光啊,如黄河之水天上来,奔流到海不复回。

这城市啊,也真是个变形怪物,时时刻刻都在变化呢。反正我那些年吃过的那些馆子或关门或搬家,统统没有了。

写于二〇二三年九月

雪火锅

犹记得，年轻的时候，我去找一个朋友。朋友住在西安一个城中村的顶楼。那是冬天，大雪纷飞，我们在楼顶的天台吃火锅。三样菜：羊肉片，冻豆腐，大白菜。十万雪花浩浩荡荡压下来，砸在我们的头上和肩上，若是坠过热气腾腾的锅里，瞬间就化了，无法打捞，无处寻觅。

我这个朋友，叫郑秋明，我们习惯叫他明明。确切地说，明明是我的淳化老乡加中学校友。我们两个淳化娃在中学时不在一个班，打交道不多，我只知道明明会画漫画，家在北关，如此而已。等到同来省城西安求学，因为老乡之间常有串联，一大帮人呼朋唤友，呼啦啦地出交大，进师大，游外院，逛体院，有来有往，不亦乐乎，我和明明一来二去才熟识了起来。

熟识以后我俩常有来往。来往的目的很明确，就两件事，借钱和还钱。是明明从我这里一借一还。借钱时他会非常自然地在我这里蹭个饭，还钱时他又回请我一顿。其频率是十天半个月就要来这么一出，已成固定节目。

明明家里条件不差，奈何他花钱手脚有些大，吃吃喝喝的，还有交女朋友上面的开销，难免有青黄不接的时候。没钱了，他就来找我江湖救急。不到山穷水尽那是不来的，来找我肯定都是饿了好几顿了。他一来，我先请他到学校西门外的"德福祥"吃羊肉泡馍。他要掰四个馍，一个碗都盛不下，须再加一个小碗，行话叫作"带个拖挂"。现在的人肠胃都小了，吃泡馍都秀气起来，吃一个馍还要剩个碗底，哪里知道啥叫"拖挂"。

明明看着瘦瘦的，清清秀秀的，其实能吃能喝。明明性格腼腆，话不多，估计长嘴就是只为吃，不像我，长嘴长舌，是个话痨。

泡馍吃完了，再来一瓶冰峰汽水灌个缝缝。然后明明一边打饱嗝一边笑。我知道他啥意思，问他几百？

他想一想，伸出手指头，或三，或五，最多最多，不超过八。

我叹一口气，骂：我上一辈子欠你的。

骂完了赶紧给他筹款。为啥说是筹款？我也是个穷学生呀，我花钱手脚也大呀，我也吃吃喝喝呀，我也有交女朋友上面的开销呀。手头宽裕了，我就借给他三百四百，那没啥说的。要是我的手头也紧张,那就要给他筹款了。

咋筹款呢?找我们班的女同学借喽。女生细发,不像男生管今不管明,顾前不顾后的,她们手头多多少少都有可以腾挪的闲钱。更何况,我班的女生里还有几个小富婆哩。

把明明一引,往女生宿舍楼下的泡桐树底下一蹲,守着,谁出来就是谁。说是借钱,其实和抢劫没有啥区别。反正没有失手过。倒不是我面子大,而是明明的脸白,号称"淳化郑伊健"。

真的,我们淳化这地方自古就出美男子哩。汉代的董贤就是其代表,把汉哀帝迷得七荤八素,不理朝政了。明明则是把我们班的那些女生迷得七荤八素,一听要借钱,二话不说就掏钱啦,没有一丝丝的迟疑和犹豫。

最慷慨的要数秦芳,印象里借了她四次或者五次吧。每次借了,我都要逗她,说赖账呀,不还啦。

秦芳笑笑,说:不还就不还,多大个事。

有一次,明明过来还钱,请我和秦芳在"陕北王二羊肉面"啃羊蹄吃烩羊杂。我开秦芳和明明的玩笑,说让秦芳把明明收了去,成了一家子,就省得一会借呀一会还呀。秦芳不躲不闪的,抿嘴笑哩。明明脸皮薄,居然害臊了,耳朵都红了。

有一段时间,明明来找我,这时候他阔气了,不借钱了。不但不借钱了,还请我吃烤肉喝啤酒。吃美了喝美了,明明塞给我几页杂志上撕下来的文章,让我誊写到稿纸上。一篇给两百。那可是二十多年前，钱值钱，一碗泡馍才五块钱，现在一碗泡馍都二三十了。我一晚上奋笔疾书，两百元就轻轻松松到手了。

咋回事呢？不急，我来细说。

我们还有一个淳化同学，姓邹，叫邹笑笑，是我们县烟草局局长的二女子，在西安一个啥学校上成人高考的大专，一天也不爱学习，爱跳舞，爱滑旱冰，要写毕业论文了，不会写，犯难怅呢。邹笑笑碰见明明了，半撒娇半认真地让明明给她代笔，把论文承包了去。

明明不想给她写，凭啥给她写呀，劳心费神的，就说：找枪手，写一篇也要五六百块钱哩。

邹笑笑嘴一噘，骂他钻到钱眼里啦。

可是到了晚上，邹笑笑电话打到明明宿舍了，说五六百有些贵，四百的话，她愿意掏这个钱。明明故意迟疑了一下，说：唉，看你是乡党，成交吧。

邹笑笑说：写好。写好了，回淳化请你吃饸饹。写不好，我见面了撕你的脸呀。

明明说：放你一万个心，明明出品，必是精品。

那时候网络还不发达，明明还没办法在网上找资料东拼西凑，他就泡图书馆，在期刊上找，遇到一篇合适的就偷偷撕下来。撕也是有讲究的。刺啦一扯可不行，有动静，管理员抓住了就挨剋了。明明用圆珠笔当刀子，划呀划呀，划出痕迹，再轻轻一扯，就悄无声息地撕下来了。

还不能直接给邹笑笑拿去。人家邹笑笑只是不爱学习，又不傻，不会自己拿个圆珠笔去划拉吗？所以，还要手抄下来，抄到纸上，显得是自己费了脑筋，花了气力的，对得起你这四百块钱。明明做事想得周全。

邹笑笑这一单生意做成后，没有想到，一花引得百花开。邹笑笑同宿舍的六七个人来团购。这下明明忙不过来了。明明有良心，想到了我，找我给他抄哩，钱平分。后来，活越接越多，滚雪球一样。我怀疑邹笑笑整个班级甚至那一届学生的毕业论文都是"明明出品"。

我和明明也不是三头六臂啊，就给秦芳派活，让她帮忙抄。抄了给她辛苦费，她死活不要，塞到她手里，她都能撂到地上。我和明明只能请她吃饭。当时学校附近的太白路上有夜市，吃了烤肉，回来路上她在一个摊子上瞅上了一条裙子。老板嘴也能说，说只有秦芳这么好的身材才配得上这么好的衣服，一般人根本就驾驭不了。

我和明明一对眼，给她买呀。秦芳不让买，但是她一个人哪里拦得住我们两个人。我俩硬是把她的劳务费以买衣服的方式给支付出去了。

秦芳只能把裙子收了，还问：哎呀，这裙子算谁送的？我好以后还人情。

我说：明明。

明明把我一戳，说：算老杨送的。

毕业散伙饭上秦芳穿的就是那条裙子。那天很多人都喝高了，我也是。事后我听人说，那天我大着舌头，拉住秦芳一个劲说，芳，芳，来来来，再碰一个。咱俩对脾气，你是个讲义气的，我也是个讲义气的。

同学就起哄哩，说：别人都跟女同学谈感情哩。你倒好，你跟女同学讲义气。

我们班同学留在西安的不多，秦芳和我都留下了。秦芳去了华商报了，我没本事，去了一家屹蚤大的小报。那是二〇〇一年的事情了。此后各忙各的，也不知道忙啥哩。

明明呢？明明搞了那一阵子毕业论文，尝到了赚钱的快乐，开始接商业漫画稿挣银子，也不知道咋就有了这个渠道。明明在淳化的时候就爱看漫画书。别人翻翻就撂过手了，他不，还一张一张临摹哩。十几年画下来，基本功扎实得很。不过，我听他说，他是给一些成名的漫画家代笔，自己不能署名。没办法，谁让咱们没有名气呢。

大学毕业后，明明都没有找工作，还是接画稿。看来干这个还是能挣钱的。慢慢地，明明混出点名堂了。国外有个出版商在网上联系到他，说先审稿再给钱，一听就知道是个骗子。明明多了一个心眼，所有的人物都不画眼睛，等给钱了再补。结果那出版商更狠，一分钱没有给明明，画稿直接拿去出版了，书名就叫什么"无眼"，据说卖得还很好。明明气得吐血。

明明寅吃卯粮，挣俩花仨，有钱了，一会儿养蜥蜴，一会儿玩摩托。没有钱了还是来找我。还是我请他吃泡馍，吃完了指头一伸，又要借钱。不过，涨行情啦，上学时候，一根指头是一百，现在一根指头是一千。

我真是上辈子欠他的。我有一个老大哥，叫老寇，特别看不惯明明，多次提醒我，不要借钱给明明。我嘴上答应不借，其实偷偷还是借了。

二〇〇五年，我准备买房，手头差一些，几个朋友给我凑了钱。老寇搞音乐培训，有钱，给我了五万。明明知道了，主动要借我三万块钱。我大吃一惊，明明居然有余粮了。明明说他财运通了，最近接了个大单子。

我要给他打借条，他不让打。我就没有打。过了几个月，到年底了，我听人说明明要去日本了。我打电话问是不是真的，明明说：是真的，过完春节就走呀，正准备这两天给你说哩。

当时我就想，出国的话肯定要身上多带点钱，穷家富路嘛，那三万块钱要赶紧给人家还上。这可咋办呀？拆东墙补西墙吧。

再找老寇，显然不合适。惯性使然吧，鬼使神差吧，我找秦芳借钱去了。到了她的办公室，一屋子人都忙着申报新闻奖，填表呢。台湾国民党主席连战回西安到清凉寺给祖母扫墓，秦芳一直跟着报道,她报了这个。我说肯定能得奖。秦芳说,管他酱(奖)不酱(奖)、醋不醋的,报上去再说。

闲话扯了几句,我把来意说明。秦芳很爽快,答应了。然后我们又聊了几句明明。她说明明这一去肯定不回来了。又说:明明这货,到了日本,再不改大手大脚的毛病,看他找谁借钱去呀。

我说:就是,看他找谁借钱去呀——对了,借你的钱我争取一年之内给你还了。

秦芳说:你不急,你慢慢来,多大个事。

我说:我是个急性子。

秦芳说:确实,你急,头往肩膀上一扛,只顾往前扑哩。

我去给明明还钱。明明当时在二府庄租房住,我去过一两次,城中村里楼挨楼,跟迷宫一样,我老记不住明明的住处。那天下雪,我更寻不着了。最后,明明到二府庄村口接了我。然后带我去他住的楼顶上吃火锅。边吃边聊边看雪,雪真大,片片直往火锅里扑,那天算是吃了个雪火锅。

吃了几筷子,我把钱掏出来递给明明了。

明明一看钞票,愣住了,眼睛一瞪,问我这是弄啥哩。他说:这钱你还没捂热,又给我拿来,这算啥?这不是打我脸哩嘛。

明明坚决不要,我一定要给。最后我急了,他也把实话说了。说我和他好了这些年,他就没有打算让我还这钱。这钱本来就是给我的。想着去了日本,我想还也寻不到他了。

我说:亲兄弟明算账哩。咱俩这些年,钱借来借去,没有乱过一笔账,没有错过一分钱,所以才能走到今天。情我领了,不过这钱你不接,你觉得我心里能安然?

好说歹说明明把钱收了。得知这钱是从秦芳那里倒腾的,明明笑了,说:我就知道是她。

我看明明笑得意味深长,就问他啥意思。

明明说:你不要管我啥意思,你不知道秦芳啥意思吗?

说得我心里发毛,我说:你好好说话。

明明说:你是真糊涂还是装糊涂。要是装糊涂,你就装下去吧。钱好欠。好借好还,再借不难。情确实不好欠。欠了一辈子都还不清啊。

我一时无语,抿了一口酒。

火锅翻腾着,对面的明明在雾气里已经面目模糊,而雪更大了。此后的西安再也没有这么大的雪了。那天,十万雪花浩浩荡荡压下来,砸在我们的头上和肩上,若是坠进热气腾腾的锅里,瞬间就化了,无法打捞,无处寻觅。

写于二〇二三年五月

水泥巷

小时候看过林海音小说《城南旧事》改编的电影。当时年纪太小,只记得主人翁英子乌溜溜的黑眼珠和骆驼口鼻里喷出的白气,还有那首"长亭外,古道边"……其余真真没有印象了。

直到二〇〇一年的十二月一日,才看了《城南旧事》原著,在陕西省图书馆。

那时候省图对面的音乐学院门口还没有"雁南飞"雕塑。那时候我还租住在城南的某个巷子。那是个城中村。

巷子里的旧房老楼多是灰中泛黑的水泥糊成的,就叫它水泥巷吧。当时我租的房子一月租金一百六十元,电费另算。太适合我这种刚参加工作的小年轻了。

水泥巷逼仄阴暗,被爬墙虎的叶子大片大片地覆盖。那是长了多年的老筋老藤,绿叶子的边微微泛红。窗口伸出晾晒的衣物,又占去了一角天光,而衣角就湿嗒嗒地搭在杂乱无章的电线上。

夏季的雨后,水泥巷浸泡在浊水里,伸不进脚,出进巷子要乘坐三轮车乘风破浪。摆渡一次五毛钱。当时的公交车车票也是五毛,不打卡。

走进水泥巷,一个巷子接着一个巷子。纵深,扭曲,迂回,渐进,迷途,歧路……水泥巷对于初涉社会的我来说像个迷魂阵。

我租住的那户是座五层小楼。堆积木一样颤巍巍地摞了上去,墙皮虽然薄,地基虽然浅,但是有门有窗,你不能说那不是房子。

一楼临街的三个门面房分别是一诊所,一餐馆,一发廊。都很小,人进去转不开身,苍蝇进去抡不开苍蝇拍子。

诊所没有打点滴的床位,索性放了两张竹躺椅,还背靠着背。躺椅边竖个衣帽架,代替了医院那种亮晶晶的金属点滴架。悬壶问世的是一个卫校毕业的大姑娘。好在比较老相,性格也沉稳,所以生意好得很。大姑娘姓曹。

餐馆招牌是"平价川菜"。油腻腻的座椅硬胳膊硬腿地挤在一起,炉子则当街盘踞,经常有花椒味的烟火星子窜进路人的眼睛叫人流泪。餐馆的老板换过好几茬。永远是老板兼着厨子。做出的饭菜永远是油而咸,仿佛一个师傅教出来的。

发廊白日里不显山露水,它属于夜晚。暧昧而昏暗的红色灯光中隐隐约约可以看见露着半个乳房的小姐。铁打的老板娘流水的小姐。发廊的名字叫"小上海",小是对的,可是店里一个上海的小姐都未曾有过。她们来自美丽的四川、美丽的河南、美丽的安徽,还有我们美丽的陕西……对了,这种发廊不理发,一个头发渣子都没有。好奇怪,搞不懂哦。

我住二楼,自然房间也很小。不过住一个我也尽够了。我那时瘦,不占地方。

地板是象牙黄的方块瓷砖。房东老婆告诉我,四块瓷砖的面积刚刚好是一平方米。房间内一共八十块瓷砖,由此可知我租住房间的面积刚刚好是二十平方米。我没有尺子量,也不知道是不是真的刚刚好。

房东家主事的是房东老婆。这个女人很鲜艳,粉白粉白的腮,黄牙齿,头发染成了葡萄红,指甲则是黑的。

她告诉我,住这个房间招财,凡是住过这个房间的房客统统都发达了。我点点头,表示一定努力,不然对不起这风水宝地。

房东老婆真热心,还指点我置办家具。巷子里有个旧货市场,旧家具旧电器都有。房东老婆耳边忽闪着几缕俏皮的红头发带着我去买了一桌一椅一床一柜,雇了个三轮车拉了回来。

桌子椅子柜子床,高高摞在一起,被塑料绳捆在三轮车上,颤巍巍的,是缩小版的城中村民房。当三轮车启动,那就是一个移动的城堡了，奔赴水泥巷的新生活。

不过，后来同楼的房客告诉我，我吃亏了，因为按规矩，房东是要给我提供基本家具的，而房东老婆带我去买家具其实是私下里吃了回扣。

除了家具，还有好多小零碎要添置。比如窗帘，是我花了二十元钱在巷子里的一个小店买的一大块布。暗绿色的，光线暗下来的时候就像是灰色。又花了三元钱镶了边。缝纫机哒哒哒地轧了过去。

墙上有上任房客留下的题字，什么"金刚大悲终不破"，什么"青龙剑斩负心女"……颇吓人。我买了一块芦苇的帘子挂在墙上做掩饰，也是做装饰，房子顿时文艺了许多。

夜里有猫叫，如美声唱法的鬼叫，如婴儿哭。

我的脚底下就是那家诊所。楼板很薄，白天有时候可以听到哇哦的一声哭喊，那是小孩扎针时挨不住疼了。

有一回，买了一塑料袋橙子回来。一进门，塑料袋子破了，橙子滚落了一地。然后吃一个就在地上捡拾一个，再吃再捡，最后一枚橙子是从桌子底下扒拉出来的。不是懒得将散落的橙子收拾在一起，就是觉得这样很好玩儿。谁规定了买回家的橙子必须你挨着我，我挤着你呢？

有一辆自行车。但是住所离单位很近。每天上班走着去，只花十多分钟。一棵法国梧桐再过一棵法国梧桐。路过的小寨西路的一个咖啡馆也叫"城南旧事",只是我没有进去过。

下班后我就去找人玩,或者骑着被我称作"白龙马"的自行车在西安这座城里乱窜。去看那些塔,那些楼,那些风景。我喜欢蹬出一股子风来,仿佛要飞到天上去。

楼上的邻居也熟悉了好几个,有时候也串门。串门的结果就是从几个老房客那里知道了房东老婆和我隔壁的房客老邹是相好。

那时候我淘汰了那台摩托罗拉的寻呼机,拥有了自己的第一部手机,飞利浦的。手机通讯录上玩花样,每个联系人的名字都用三个字代替,只有我知道是啥意思。比如"啤酒桶"是指一个特别能喝啤酒还特别能憋尿的牛人,"张富贵"是一个长相特别喜庆的大叔,"玉兰油"是一个脸特别白而且油光可鉴的女子。诸如此类吧。

有一次,隔壁老邹来串门,玩我的机子,顺手拨了他的号码,结果显示出了"精神病"三个字。他的脸色就很难看了。

我马上解释:你不是说你在精神病院做过院长吗?

他的脸色这才复原,指着我墙上的一幅字,问我:懂这是啥意思么?

如果没有记错的话,那幅字的内容是:

只缘红楼梦,

开扇白纸窗。

衣单好挥袖，

手空好划桨。

日暖熏云色，

夜凉舞月光。

倩影应不醉，

映在水中央。

我懒得说，太酸了，就说不懂。

他居然一句一句解释给我听。用一口醋溜陕西腔的普通话。足足上了一堂课。他可真能说啊。

不过他没有细看落款。落款上写明了，那诗是我瞎写的。我的一个朋友看见了，正在学书法的他抄写后送给了我。我就拿去装裱了挂在墙上。

我自己写的，我都不知道应该咋解释，老邹知道。

用陕西话说老邹是个"十二能"。抓药算卦捉长虫，不论干啥啥都行。老邹行走江湖好多年，向来赤条条无牵挂——单身。他说他在南京当过兵，复员后到了西安的地方医院，下海经商前是一家精神病院的院长。他现在的身份是一家公司的法人。他介绍自己的时候喜欢郑重其事地说自己是法人而不说老板。"法人"这个称谓让我印象深刻，感觉像电视剧里那些自称"贫僧""洒家"的狠角色一样牛。

法人老邹常常在楼道用蜂窝煤炉子煮面条吃。捞出来倒上岐山香醋、油泼辣子、小磨香油和葱花香菜。碰到我了，就要解释，他胃不好，在外面应酬多，海鲜吃多了所以要吃面条让胃调整调整。每次都解释，每次都解释，害得我一碰见他煮面条就要回避。

他一个人住两间房子，打通了，是个套间。外屋摆着大号的沙发，沙发对面是电视机。墙上挂着中堂，是下山虎，两边对联上写着"×××××，×××××"，忘记了。里屋是卧室。

晚上无聊，我常窜到他屋子，听他讲他如何点秋香，如何戏嫦娥，如何西湖借雨伞，如何泪洒女儿国……都香艳得很。

种种迹象表明老邹是一个开皮包公司的江湖骗子，但是这不妨碍我和他走得很近。

除过老邹，楼上和我熟悉的就是姜南了。

姜南住三楼，她经常一大早搬个板凳在楼顶看书。刚搬来的时候，我天天要去楼顶晒褥子，所以经常遇见她，只是没有搭过话。

有一次，她看我来晒褥子，放下书，说：呀，画了个地图。这么大的人了，你还尿床呀？

我脸一红，马上申辩：不是尿啊，那是汗啊。

我的口气仿佛是老邹解释自己为什么要吃面条。

她两条腿绞在一起，拿起书挡住脸，不看我了，自言自语道：哦，真能出汗，肾虚啊。

我抓狂了，开始絮叨：绝对不是肾虚。我屋潮气重，每天早上一起床，褥子底下贴身的地方就是湿的。

她看书，不理睬我。嗨，啰啰唆唆跟她说那些做甚。晾好褥子，快快下楼。

过了几天，在楼道碰见了。我不知道该打招呼还是不打招呼，她却老熟人一般对我说：走，到你屋子看看，见识一下到底有多潮。

看看就看看吧。去了后，她揭开我的芦苇帘子，摸摸墙壁：墙好好的，不潮啊。我再看看你的床。

她一揭我的褥子，露出床板，拍手笑道：你个笨蛋。

原来，我的那个单人床是从旧货市场买来的箱子床。就是用废旧木条和三合板拿钉子钉出来的木箱子。上面可以睡人，里面可以存储杂物。该床的表面用彩色的尼龙布包着，外边还裹着一层透明的塑料布。驴粪蛋蛋外面光，反正看着还崭新阔气得不行。这是城中村的特殊产物，村里的房客大多用这种床，物美价廉。

而问题就出在这层塑料布上了。有了它，床板不透气了，人体发出的热气散不开，自然凝结成水，褥子不湿才怪！

当天，我扯下了床板上的那层塑料布。第二天早上醒来，我发现困扰我多日的"尿床"和"肾虚"全好了!

从此,下班后得空了就和姜南在一起聊天。

姜南大学毕业后没有找工作,她要考研,所以每天捧着书在啃。在那个时候,研究生还不是那么泛滥,在我这个学渣看来考研就是要上天摘星星一样。我好崇拜她啊。

她是江苏宿迁人。我没有去过宿迁。应该是个好地方吧。

她带我逛过陕师大,那是她的母校。我告诉她,我很喜欢陕师大图书馆楼前那两株巨大的松树。她说她曾经天天在树下背英语单词。

巷子里有天来了一个老汉在街上支了个油锅卖油炸知了串儿,炸好了撒上厚厚的五香粉和辣椒粉。我拉姜南去吃。她居然敢吃。我们吃了个过瘾。

她当时穿着白色裙子,怕油点污了前襟,手上小心翼翼,嘴里狼吞虎咽。我赶紧跑去给她买汽水。她咯咯咯地笑。

有一次,我上街去买衣服。姜南恰好没事,就陪我去。试衣服的时候,她帮我扯扯袖子,正正领子,笑眯眯地端详我。她的脸离我的脸那么近,我看清了她的鼻翼处有一颗小小的褐色的痣。那是可爱的痣。

我腼腆起来,不敢正视她,也不敢呼气了。因为这是女朋友对男朋友的态度啊。不用猜,那些店员一定误以为她是我女朋友了。我的心里乱乱的。

姜南还帮我砍价，我在一旁傻傻地看她杀伐决断。好帅。

她帮我挑的一件蓝色的格子衬衫，我很喜欢，穿了很久。

姜南还带我去某高校附近的一个酒吧参加过一个诗会。现代诗我不懂，但是诗会上的那些吟诗诵句的年轻人令我好羡慕。他们彬彬人物，楚楚衣服，像是电影里的人，他们肯定不住在城中村。

诗会结束，冒雨夜归，我们走到巷子口，我对姜南说：你不属于这里，你肯定会考研成功。

姜南：难道你不走啊，一辈子都在这水泥巷？

我躲在伞里，想了想，说：这里挺好啊。

姜南笑了：是挺好，有油炸知了串儿吃嘛。

我不写什么狗屁"只缘红楼梦，开扇白纸窗"了，我偷偷试着写了一首现代诗。但是姜南没有再带我参加什么诗会，那首诗也就一直没有机会让她看。因为没多久，姜南果真就走了。去北京。

她的前男友也在北京。

姜南走的时候，她的妈妈来送她，带了很多好吃的，她喊我去吃她妈妈煮的汤圆。我吃了满满一碗，她非要让我再吃一碗。但是我实在吃不下了。

她妈妈笑着对我说：你不要听她的，她捉弄人呢。汤圆吃多了积食，肚子胀得就睡不成觉了。

被拆穿的姜南一边咯咯咯地笑,一边倒在妈妈的怀里耍赖皮。

第二碗汤圆我还是默默吃进了肚子。果然很胀,果然一夜没有睡觉。

然后,姜南就在我的生活里消失了,仿佛这个人从未出现过一样。其实,我们每个人都是水泥巷里的泡沫,转瞬即逝。

姜南走后,我感觉我在水泥巷的生活里少了一些明亮和积极的东西,睡懒觉的时间多了,去网吧的时间多了,和老邹混得多了。

老邹有一次接到了一个电话,是他一个朋友打来的"江湖救急"。他这个朋友是个女的,打麻将赢了一笔钱,输钱的那个倒霉蛋耍赖皮,不肯拿钱出来。赢钱的把赖账的扣住了,嫌阵势不够,就打电话喊人撑场面。这不,电话就打到老邹这里了。

老邹喊我同去,我傻乎乎地就跟着去当小喽啰。到了老赖的家,客厅里坐着几个闲人在抽烟,乌烟瘴气的,也搞不清他们是哪边的。家里也没什么家具,就剩下墙了。墙被香烟熏黄,在日光灯下给人一种很恍惚的感觉。当时我的脑子就冒出了"赌徒之家"四个字。

老赖在卧室,鞋子也不脱四仰八叉躺在床上,脑瓜顶着床头。上方是个硕大的床头灯。灯光照着一张疲倦的脸。逼债的那位大姐气呼呼地坐在床沿,揪着老赖的一个胳膊,僵持着。老赖闭口不言，保持沉默。咬定青山不放松，……任尔东西南北风。我们一进去看见这光景，就感觉不像是在逼债，像是夫妻闹别扭，场面有些滑稽。

见进来人了，老赖眼皮一翻，一伸手，很麻利地关了床头灯，把自己藏进黑暗里……

老邹后来不知道怎么就看上诊所的小曹大夫了。他告诉我理由有二。一，他们是同行，有共同语言。他不是说过他曾经是精神病院的院长嘛。二，一个小姑娘单枪匹马打天下，他怜香惜玉，心疼。

有个房客搬家时留下了一条狗，放到小曹大夫的诊所了。我没事就过去给狗喂个火腿肠，所以跟小曹大夫略熟，因此老邹跑来让我给他出谋划策。唉，其实我只是和狗比较熟啊。

更何况，我觉得两个人不般配。先不说老邹的年纪都快当小曹大夫的爹了，就说老邹做的这营生吧，空里来空里去的，没有一步踏在正点上。小曹大夫肯定瞧不上他。

话又不能实说了，伤人。我就只能建议他多去小曹大夫诊所走动走动，能搭上话就说几句，兴许就王八看绿豆，对上眼了。

老邹还真去了。我亲眼看见他推开诊所的推拉门，西装领带地进去，装模作样地向小曹大夫要感冒药……胡骚情去啦。

几天后老邹跑到我屋子狠狠跺脚——我脚底下就是小曹大夫的诊所。我明白了，老邹骚情未遂。

不过老邹的说法是，他生意上的朋友给他介绍了一个"条件非常好"的女朋友，所以他放弃小曹医生了。

而这时候楼上又搬来了一个新房客。

那天碰巧我下楼，看一个瘦胳膊细腿的女娃左手一个大箱子，右手一个大袋子，身上还挎着包，娇喘吁吁，走一步歇一步的。我感觉自己和老邹一样，也突然有了一种怜香惜玉的心疼，我也想胡骚情了。

她长得很像我中学时候喜欢过的一个女孩。

我就学习雷锋好榜样，帮她搬家。一聊，还是校友呢。想问她有男友没有，却憋住没问。不要猴急，再熟悉一些再说，反正已经是近水楼台了。都没有问人家名字，心里只叫她"搬家妹妹"。

搬家妹妹笑盈盈地对我说：谢谢你帮忙。以后就是邻居了，我什么都不懂，你要多教我，多照应我呀。

我说：好。

第二天，单位组织我们上山玩去了。回来后我去找搬家妹妹，可是搬家妹妹已经不在了。

听邻居说，原来她才住了一天就遭窃了，房子门被贼撬开。虽然没有多少损失，但是搬家妹妹受了惊吓不敢在这里住了，已经交了一个月的房租也不要了，当然要也要不回来。出事后，搬家妹妹被她一个本地的亲戚接走了，也不知去了哪里。这该杀的贼!

搬家妹妹就这样在我的生活里消失了,仿佛这个人从未出现过一样。没错,我们每个人都是水泥巷里的泡沫,转瞬即逝。

搬家妹妹走后,我常常会想起初次见她时的样子:鼻尖沁着汗,小辫子分在两边,身后的包里还探出个玩具兔子胖胖的脸。

嗨,搬家妹妹,不知道这么多年过去了,你还记得那个穿蓝色格子衬衫,帮你搬家的腼腆男生吗?

日子照旧,一个人从巷子里出出进进。年轻的影子在浓烈的日光下隐隐冒着热气。巷子里爬山虎的叶子最浓密的时候,我失业了。失去了我人生中的第一份工作。

嗐,那个单位本来风生水起挺红火。也邪乎,我去了没几天效益就突然不行了,就走下坡路了,而且是打着滚下坡的。心眼活的同事一个个都跳槽走了。我死撑到最后,船沉了,我也掉水里头了,成了落水狗。

我向来报喜不报忧,失业的事不想给家里人说,只有几个要好的朋友知道。

找工作找不到,心开始慌了起来。巷子口有个废弃的偏门,上面写了四个字"此门关闭"。每每求职碰壁而归,看到那四个字,我觉得生活的大门也朝我关闭了。

失业的日子里,我焦躁。工作找不到,干脆不找了。朋友不愿见,要么去网吧鬼混,要么就躺在床上睡觉,睡不着就意识神游，胡思乱想。

一天，我一个人漫无目的地在街上逛，找西瓜吃。西瓜摊没找到，却胡乱走到西北工业大学南门附近，看到一家租书的小店，就进去了。

我爱书香。从小就习惯贪婪地呼吸印刷品的油墨味。文字里的那个天地真好。我愿意钻进去，把自己藏起来，不理会现实世界里的凄风苦雨，哪怕是片刻的温暖和宁静也好啊。作家毛姆不是说了嘛，"阅读是一座随身携带的避难所"。反正人闲着，就租一本吧。

租书店能有什么好书呢？挑来挑去挑了日本小说家横沟正史的推理小说《金田一》系列中的一本。热爱横沟正史就是由此发端。从此闭关读横沟正史。常常读到后背发凉，读到热泪盈眶。

读书读困了，下午四点带一个搪瓷盆去楼下打一份盖浇饭回来吃。或者回锅肉，或者红烧茄子。老板给的米饭量很足。

一次在店里等着饭，来了个莽撞汉子，光着膀子，一脸的油，一进来就喊：老板，来个水煮鱼。花椒和味精多放，地沟油也多放。

老板赶紧摆手：好老哥，不要胡说，没有地沟油。

那汉子眼睛一瞪，兀自嚷道：别人都有，你咋没有？只要好吃，管他地沟油不地沟油，吃死了去尿，又不要你偿命。

我在一旁目瞪口呆，食欲全无。

其实我一天就只吃这一顿。上楼时再顺手捎一瓶可乐。我需要碳酸饮料的气泡在我体内驱走那些寂寞的空旷。

十来本《金田一》看完了。突然发现自己手里没多少钱了。得进入计划经济时期了。盖浇饭吃不起了。每天就吃一元六个的馒头。当时物价低,一元钱六个馒头还是大馒头,不是旺仔小馒头。或者夹豆腐乳,或者夹辣椒酱。喝白开水。偶尔吃个水果,桃子呀,香瓜呀,就觉得很奢侈了。

一次碰到老邹在楼道煮面条,居然感觉很香,偷偷咽口水。

老邹解释完他为啥要吃面条后问我:你最近都忙啥呢?磨豆腐呢还是给猴掰双眼皮呢?都见不到你人影子了。

我没说我其实就整天窝在屋子呢,我一脸严肃,装逼道:唉,忙着考研,抓紧时间背书呢。

话一说完,我抱紧怀里的几本小说,进了屋,默默吃大馒头。

吃喝的问题好解决。书呢?那家小店里没有能看的书了。和看了金庸的武侠小说以后没有第二个人的武侠小说可以入眼一样,看了横沟正史的推理小说以后也没有第二个人的推理小说可以入眼了。那就去省图吧。

一大早就吃馒头,吃三个,把自己吃饱。用一个矿泉水瓶子给自己灌上一瓶凉开水。骑上我的"白龙马"直奔陕西省图书馆。当时在省图的阅览室看书要买票的。一元钱。如果要借书得办卡，要花一百多。我当时的情况就是只能买一元钱的借阅票了。

本来是想找找横沟正史的其他作品呢。没有找到。就看别的小说，反正图书馆里冬暖夏凉，就待到图书馆关门。每天像上班一样，准时来，准时走。回到住处，已经很饿，再吃剩下的三个馒头。睡觉。其实看书也是个力气活，看书人饿得快。

这样的生活从九月一直持续着，国庆时我身上只有六元钱了。

为了吃饭交房租，我卖了手机。买我手机的是我的一个同学。连号都没有换，他就直接拿着我的机子我的号用去了。幸亏如此，后来一个很重要的人得以联系到了我。

这期间房东老婆还涨过一次房租。是针对所有房客，包括老邹。老邹很是愤愤不平，嚷嚷着要搬家。他跑到我的屋子来告诉我一个秘密，他是房东老婆的初恋。他咬牙道：太无情无义了。躺在你怀里把你叫哥呢，裤子一提就不认哥啦，涨房租。

骂完后他感觉平衡了许多，于是没有搬家。

突然觉得老邹好可怜，四十多岁的人了，一辈子都在这水泥巷子里租房子吗？皮包公司开到什么时候是个头呢？又觉得自己也可怜，这水泥巷子里的人都可怜。

熬到十二月的第一天了。眼看着要过新年了。前途在哪里？看不到。也不敢想。屋子很冷，没有暖气，没有生炉子。图书馆暖和，我当然暂且去图书馆看书。

那天就看到那本《城南旧事》了。看见书脊上印着林海音的名字，心中一动。因为突然就想起了儿时在《儿童文学》上看到的林海音先生的另一篇文章了，应该是叫《窃读记》吧。

那篇文章的内容是学生时代的她放学后，忍着饥饿，做贼一般在书店里蹭书看。她被一本书迷住了。每天看几页，每天看几页，那本书眼看就要读完了，就在这个关口，她被一个年轻的店员捉住了，抽走了书，鄙夷地问她，你到底买不买？都注意你好几天了。她正不知所措的时候，过来了一个年长的店员，把那本书轻轻地还到她的手中，很低声很和气地说了句：读吧。

我为这篇文章流过泪，所以印象很深，不光记住了作者林海音先生的名字，就连那篇文章的插图都记在脑里。是白描的线图，很有功底。知道林海音先生的代表作其实是《城南旧事》，一直想看。这次遂愿了。

拿到这本不厚的《城南旧事》，一口气读完。四合院、夹竹桃、童子军、驴打滚、黄包车、西瓜灯……在眼前一一闪过，一个小女孩眼中的成人世界就在纸上铺开，悲欢离合滴答滴答地只往人心口里滴。想喊叫。想哭想笑。想跳到书里去。这就是此书的魔力吧。

又想起自己小时候是看过《城南旧事》的电影的，就更觉得温暖亲切。

读完最后一句"爸爸的花儿落了，我也不再是小孩子"，阅览室天花板上的几排灯管吧嗒吧嗒关了一半，眼前马上昏暗下来了。到下班时候了。这是工作人员在催促我们退场了。还好，我看完了。

合上书，我该回去了，而书中忧伤的调子还没有散去。

从省图到水泥巷子有十多站路。没关系，驾驾驾，我有我的"白龙马"。

也饿了。就想起晚上回家都会路过一个烤红薯的摊。在寒冷的夜里，热乎乎的烤红薯可真香啊。已经想了好几天了。今天就破例花一块钱，去买一个犒劳自己吧——恭喜自己今天看了一本这样好的书。记得口袋里还有几张毛票，应该可以凑一块。买一块小的不成问题吧？

快走吧，烤红薯在等着我。

心里怀着小小的激动，绕过省图那装模作样的思想者雕像，走下那高高的台阶，进入省图自行车存放处取自行车。发现，自己的自行车不见了。它跑哪里去了？

自行车的管理员是一个戴高度近视眼镜的大姐。我拿出存车牌向她询问。

这一问才知道出麻烦了，原来车子是前一天存的，当天因为在图书馆碰见一个朋友，人家约我和他去找另外一个朋友玩。我去了，车子就没有取。今天要把车子取出来，按照规定就要交什么过夜费。所以管理员把我的"白龙马"锁到一个小屋去了,交了过夜费才可以推车子。

大姐,我真不知道有这规定……

不要多说了。交钱吧。

多钱?

两块钱。

我愣了一下。感觉老天不是在和我开玩笑吧。我的口袋里顶多只有一块钱。脸烧起来了。默默告诫自己:不要烧盘,不要烧盘,冷静,冷静。努力对眼镜大姐笑了笑。这挤出来的笑一定很难看。

我说:大姐,车子我今天先推走,下次给你钱,好不?

眼镜大姐把茶叶杯子的盖子往瓶子上一扣,加重语气:不行。

一句话把我堵死。然后我僵在那里了。我那时候一点社会经验都没有。当时我都不知道该干吗了。脸色应该是酱紫的,脑子绝对是空白的。人常说,羞臊得想钻地缝。是的,有地缝的话当时我真的就钻了。觉得自己很贱。一辈子都忘不了那一刻的感受。这件事情从来没有跟人说过。甚至很长一段时间自己都不敢回忆。会痛,会恨自己。今天能把这件事写下来,我觉得都是个奇迹。

正僵着呢,眼镜大姐身边的半导体传来一条消息:台湾作家林海音因病今日病逝。"

我听得清清楚楚。二〇〇一年的十二月一日,《城南旧事》的作者,台湾作家林海音先生因病与世长辞了。

世界上的事情就是这么的巧,巧得都像编故事的人编出来的。就在今天,林先生的作品征服了我的心。可是,林先生,我刚来,您怎么就走了呢?虽然和您隔着千山万水,可是通过这本书,觉得和您很近很近,很亲很亲……

心里的苦楚一下子兜上心来。鼻子一酸,眼泪一下子糊住了眼睛。想忍,没忍住。干脆就任它横流。

轮到眼镜大姐发蒙了,心想这个小伙是不是脑子有问题?罢了,罢了,车子给他,让他赶紧走,赶紧走。

我没有办法让自己止住眼泪。我知道我一个大男人这样哭,失态了,很难看。可我管不住我啊。我没有解释,也不想解释。一句话都不想说,推了车就走,马上离开这里,一秒一瞬也不要待。想回家,想妈妈,想到一个无人之地,想要一个怀抱,还想死……

从此,我再也没有进过省图。心理阴影吧。

从此,当我得意忘形的时候,当我心如死灰的时候,我都会惊问自己一句:忘记在省图的眼泪了吗?

我不敢忘自己贫贱落魄的时候,于是把心灵永远放在高处,把欲望永远放在低处。理解别人,善待自己,时常反思,偶尔放肆。还好,一路走来,没有什么大错。

后来呢?似乎故事缺个结尾。

后来啊,我没有饿死。一个贵人打我原来的手机,通过买我手机的同学联系到了我。

那个贵人说:小潘潘呀,愿不愿意来帮我的忙?

我说:面谈,面谈。先请我吃碗羊肉泡馍,优质的。

就这样,我又有工作了。顺势离开了水泥巷。

这就是生活。它会让我们悲伤,但它不会让我们绝望。

搬家的时候,那些旧家具又还给了旧货市场。那个箱子床会被翻新,用新的尼龙布和塑料布重新包裹,然后卖给下一个主顾。

搬那个箱子床时,我在床底下发现了一枚橙子。也不知道是什么时候滚进去的。它满身尘土,已经干瘪成了小小的一团,像极了我在水泥巷的生活。

此后再也没有见过姜南、老邹、房东老婆、小曹大夫、搬家妹妹……你们在哪呀?你们还好吗?

第一月工资没有到手就预支了一些买了一部新手机,还是飞利浦的。好像飞利浦现在也不做手机了,在文中提及,也无广告之嫌吧。

还给故乡的妈妈买了一身衣服邮寄了回去。她知道她的儿子曾经在西安城南的水泥巷住过,但她永远都不知道水泥巷的故事。

如今，躺在地板上，重读《城南旧事》，依旧感动。因为阅历的增加，更觉情重味浓了。就不由对自己说：永远做一个单纯的孩子吧，和书中的英子一样。

我要把这本书留给我的孩子看。也希望大家有机会也读读这本薄薄的，但是耐读的书。

夜深了。不多写了。感谢林海音先生。感谢不可回收的青春。感谢容纳我的西安。感谢城中村。感谢生活。

写于二〇一〇年春天

几声蝉

我年轻时痴昧不明,不好好念圣贤书,没考上大学,家里只能掏钱让我去西安读个自考大专班。也是赶时髦,也是阴差阳错,选了新闻专业。学校则挑了世上最好的大学,西北大学。

在西大校园里,悄悄的,不声张,头昂起,脸挺平,混在天之骄子的统招生里面,谁能从你脸上看出"自考"或"大专"的字样来?但自卑是水上浮着的葫芦,压是压不住的。

三年里一门课接一门课地考,和玩游戏打怪升级是一样的,要是全通过了,就能拿到毕业证啦。不少人半途而废。反正我这个毛猴子好歹是赶到山顶把桃子摘了。

此后找工作倒也顺利。稀里糊涂进了A报社。好巧不巧,另有一男一女两个同班同学也来这家报社讨饭碗。也是美事,不势单力薄了,三人可抱团矣。报社的人也开玩笑,让我们三个人头磕到地上，学桃园三结义哩。

A报社离我们学校也就两站路，在水泥巷附近。铁栅栏门进去，一栋四层的小楼就是办公的地方了。一楼是临街的门面房，最显眼的是一家叫"五味香"的葫芦头店。什么是葫芦头呢？好吃的，猪肠泡馍是也。

水泥巷紧挨着何家村。何家村是西安有名的城中村，初入社会的年轻人基本会选择租住在这样的村子。村里见缝插针盖楼，聚集的外来人口动辄过万。住城中村俗称为"挤马蜂窝"。

我把几本书和枕头包在被褥里，叠成一团，凉席再把被褥一裹，找个绳子一扎，肩上一扛，出了学校门，到水泥巷的出租屋去了，成了一个社会人。天热，额头沁着汗，牛仔裤磨得白白的，腰里用金属链子拴了一个新买的摩托罗拉寻呼机。时不时一响，嘟嘟嘟，嘟嘟嘟。

买了锅、碗、刀、铲、煤气罐，在水泥巷安顿下来，第二天就去上班。出租屋离报社步行也就十分钟。路边是巨大的法国梧桐，投下巨大的树荫。法国梧桐里有夏天的第一声蝉鸣。

也不用坐班，开个早会就散了，各路人马四散开，跑新闻去。城南城北，盲人瞎马，到处乱跑。跑回来就写稿子，交稿子。写不好的稿子画个叉叉打回去，哼哧哼哧还要重写。拖拖拉拉，下班时天已经擦黑，城市的轮廓模糊且暗沉。肚子早已饥，在"五味香"来一碗葫芦头，或者别的，然后散去，各回各家。

我走过夜色昏沉的水泥巷，回家。一到村口，我的眼睛就亮了。何家村的夜是美丽的，挨挨挤挤的摊位和店铺以及人流，在灯火明灿中将此营造成了一个辉煌世界。白日里的城中村那些乡土、凌乱、凑合、拥挤、腌臜、劣质等种种不良观感全都隐去。我每次走进城中村的灯火之中，总疑心这是个幻境。

后来发现，报社一半的同事都在水泥巷里住。我们那时候，都青葱，都蓬勃，都懵懂，都贫贱。当然，住何家村的同事里包括我那两个同学。男同学叫祖冲之，女同学叫伊丽莎白。住得近，方便他俩常来我处蹭饭。来就来吧，最恨的是，祖冲之一来就给我的文竹浇水，不让浇，不让浇，最后还是把我的文竹浇烂根了，浇死了。

那是二〇〇一年的初夏。记忆里有夹竹桃的烂开漫落。记得那时的暴雨倾盆。记得那时的说说笑笑。记得那时苍蝇馆子炒拉条子的香味。记得那时西瓜皮腐烂飘荡在村子里的臭味。记得那时第一篇变成铅字的稿子是写端午的香包。里面引用了几句古诗，同事就说我文采风流了。

当时是试用期，每个人都在暗自鼓劲，要多发稿子哩。我的聪明伶俐这时候就体现出来了，我很快就得窍了，知道怎么投机取巧，稿子咋能写快写好。于是日子开始变得松弛有度。采写稿子就好好采写稿子，玩耍就好好玩耍。也不知道哪里来的那么大的精神头，到底是年轻啊。我那两个同学也不赖，稿子常常占据着头条和倒头条。我们三人为母校西北大学在报社获取了口碑。只是母校并不知。

去八仙庵，在周边遇到算命的装神弄鬼，我回来就写篇稿子。去火车站送朋友，看到广场上席地而卧黑压压一片人，回来也写篇稿子。在街上发现流行红裙子白鞋子，我回来还是写篇稿子……我的稿件来源全是我的生活，所以是写不尽的。我那时候就像鱼，游来游去，沾了春水，沾了秋水，知道了人间温凉。别的记者往往喜欢经热闹场面，见台面上的人物，去了就掏笔掏纸掏相机，被采访的见状也一本正经起来……

当然，我有时候也会被报社指派去参加一些采访。去某民办院校参加一个活动时，拿到了职业生涯的第一个红包，美其名曰"车马费"，装在一个信封里，二百元。别人拿，我也拿了，不拿白不拿。我参加工作第一月的工资也不过八百多。

那个夏天，我走了那么多路，在西安这座城市走来走去，费鞋，也晒黑了。黑了就黑了。还流了那么多汗呢。缺水就补水，拼命喝。仰脖一灌，咕咚咕咚。我那时常常随身携带着一个巨大的塑料水壶。一走，晃啊晃啊，仿佛随身携带着一片海。

其间，还顺便和一个江南女子谈了个短暂的恋爱，那是我的初恋。此处就不展开描写了，因为酸呀甜呀的小情调我不好把握，更何况读者诸君一身正气，也不爱看这个。

报社庙小，泥神神不多，记者部人最多的时候也就二十来号吧，编辑部也就十来个人。我和其他部门的人不太来往，所以不提。就在这熟悉的三十来人里，除过祖冲之和伊丽莎白，有几个同事印象深刻。

一个叫虎子。记者。陕南镇安人，口音上就能听出来。聪明伶俐，笑嘻嘻，没火气，我就没有见过他瞪眼竖眉毛过。虎子年龄也小，姿态也低，见人不是叫哥，就是叫姐。大家不叫他大名，都虎子虎子地叫。虎子也住何家村，且离我最近。虎子不学好，跟着祖冲之和伊丽莎白来我处蹭饭。当然，我也去他处蹭饭。礼尚往来嘛。

我和虎子曾搭伙采访。有一回，饭点了，在八仙庵附近吃羊肉泡馍。吃得正酣畅，虎子从碗里扒拉出一只肥大的苍蝇，惊呼：杨哥，杨哥，你看这是啥？

我顿时吃不下去了，多余的话也没有，筷子一摔，拉着虎子就往外走。一个服务员冲出来把我俩撵上，振振有词，说一碗有苍蝇，那就不收钱了，情有可原，另外一碗没有，那饭钱还是要掏的，理所当然。

然后我就看虎子的手要往口袋摸钱哩。我牛脾气上来了，坚决不让，毅然把虎子拖走。都走出几百米了，虎子嘴里还嘟囔：唉，都不容易哩，也不是故意给咱碗里放苍蝇的。

虎子是个机灵人，写稿子又快又好，笔头极佳，不过也干傻事哩。和上文提到的我那个初恋有关。唉，不说不行，绕不开。

我和我初恋逛街，遇虎子。虎子夸我初恋漂亮，像某某电影演员。这都对着哩。紧接着虎子又嬉皮笑脸地说：我早都听说你了。杨哥说了，是你倒追他的。

我初恋笑笑，嘴一抿，啥都没有说。我则死的心都有了，尴尬得想要寻根绳子去上吊。虎子看不出来眉高眼低，还嘿嘿笑呢。

一个叫齐永峰。记者。原本是北郊某国企员工，接他爸的班，所以参加工作早，结婚也早，得娃也早。他闺女叫齐思妙想，四个字，让人过目不忘。国企效益不好，他停薪留职，跑来应聘做记者，也算是个能人。此君剑眉，玉面，细腰，爱穿修身的小西装。英俊小生也。且不是绣花枕头腹中空，写稿子也是小能手。所以，女同事爱他，领导也爱他。

一个叫小方。记者。名字忘记了。剽窃稿件不避人，大大方方的。那时候，网络还不发达，没法在网上扒稿子，他拿个小剪刀，这个报纸上剪点，那本杂志上剪点，人称"剪刀手小方"。小方很讲礼貌，见面给人鞠躬的那种。后来小方就从报社消失了，下落不明。报社是摆流水席的，很多人来了走了，难得我还记得他。

一个叫邹景春。记者。如果没有记错，老家是河南的，说话带点口音的。皮肤又黑又亮，牙齿又白又齐，给人非常积极向上的感觉。工作勤勉，待人亲厚。但是因为他不住何家村的缘故，我和他往来不多。

还有一个王常春。记者。和邹景春是报社记者部的"二春"。邹景春是大春,王常春是小春。小春瘦而孤僻,头发温顺地贴在额头。此人是个作家,我看过他一篇文章,写他童年时期在农村过着悲惨艰辛的生活,把我都看哭了。

编辑里有个姓张的大哥,有江湖气,不知道为啥和隔壁同事发生争斗。第二天他竟带着两个壮汉一起来上班,一办公室的人都震惊,问咋还带了保镖。答曰:防人之心不可无。

还有个女编辑,名字忘记了,面孔也模模糊糊。只记得瘦瘦一个人,已婚,还没有要小孩,和老公也蜗居在何家村。我路过她家,受邀上去坐坐。是个二楼的小居室。楼下是个裁缝店。我倒记得这个。

她给我拿烟,我不抽,她就给我倒茶,她老公穿着塑料拖鞋小跑下楼,买了一大捧点心上来。

我挺感动的。因为报社上下都知道,我这个同事两口子刚东拼西凑买了房,又要还按揭,又要攒装修的钱,所以省吃俭用,从来不在外面吃饭,自己做,买菜主要买茄子和西葫芦,茄子和西葫芦便宜。就这,人家还给我买点心哩。唉,就这,人家名字我还没记住。

刚来报社那阵子,是欢畅而充足的。尽管很快就失恋了。难过一阵子也是正常。不过这一阵子真长啊,一阵子像一辈子。

几声蝉

夏天过去的时候，报社组织我们去秦岭山上玩。山上风景很好，自不必说。游戏也好玩，其中有个项目是给我们每个人发一张弓，让我们去射散养的鸡。射中了拿到厨房就宰杀了做大盘鸡吃。住的也有意思，是做成蒙古包样式的山中小屋。这个山头一个，那个山头一个，头顶是夜幕，闪着星星。

深夜，山里冷。我和几个同事，都是年轻人，有男有女，挤在一张床上，用被子裹着腿，大呼小叫打扑克。也不知道怎么的，我的手和另一个人的手就如触碰了捕兽夹，粘上甩不开了。

和我牵手的人是报社一女同事，抱歉，名字我已经回忆不起来了，记得她当时瞪着黑眼珠，装着若无其事，我们的手就一直在被子里偷偷握着，心里的小鼓轻轻敲着。

其间，副总编跑来观战，让我给他挪一个屁股的地方，我们的手才松开了。副总编看了一会儿牌，被人喊去打麻将。我们的手又迅速拉上了，做贼一般，带磁铁一般。她嗔怒地朝我皱皱鼻子，又低头偷笑。我早已魂飞魄散。

下山后，我们在报社碰见，也就点点头，如此而已。我们不是一个部门的，也只能楼道擦肩。她大我几岁，听说她那时候已经订婚了。那次拉手算什么？耍流氓吗？我不知道。这事是我们的秘密，她不提，我不提，藏心里。后来，我渐渐就恍惚了，觉得那山中的牵手怕不是真的，是一场梦吧。

好光景总是去得快，半年吧，A报社就衰败了，而以华商报为代表的都市报噌噌噌地起来了，整个西安城满大街卖报纸的都在喊：华商报，华商报。于是，不管认字不认字，戴眼镜不戴眼镜，都拿一份华商报看哩。那时候，去称两斤辣子面，包辣子面的纸肯定都是华商报。

我们报社发行量一下掉到沟里啦，主管单位也想甩开烂摊子，抱的态度是赶紧散伙吧，就不管不顾起来，也不投钱了，我们这些记者的工资已经减到最低，这其实就是变相裁员呢。有些人脑子活，看形势不对，有门路，有机会，就赶紧跳槽了，最好的去处就是华商报。

报社元旦聚餐的时候，人心惶惶，谁要走，谁要留，已经在明面上说了。我喝醉了。第二天我听说，我喝多了，往桌子底下出溜，是祖冲之和伊丽莎白二人一左一右从两边架着我的胳膊。你看，同学到底是同学。

第二天，我头疼，想去吃碗酸酸的岐山臊子面醒酒，一摸口袋，就几块钱了，强忍着不适去一个同事家借钱。这个同事是报社的校对员，叫老乔，一头白发，像个老中医。老乔已经退休了，发挥余热，返聘回来的。他家离报社不远，就隔条马路，这也是他愿意来上班的原因之一。

找老乔借钱。一是在报社，我和老乔还聊得来，有点交情。当时还是手写稿，不是电脑打字。他老夸我的手写稿字迹最清爽，别人的不行，鬼画符，一看血压就高。二是其他同事都水深火热了,只有老乔不缺钱,有退休金打底嘛。

我说了来意,借钱。老乔没有借给我,给我递了一个大苹果。

从老乔家出来,因为宿醉的缘故,我的大头皮鞋一踢一踢,感觉腿是软的。踩着落叶,走到水泥巷。猛一回头,看见一棵法国梧桐的树枝上倒挂着一个脏兮兮的布娃娃。吓我一跳,一下就灵醒了。水泥巷当时有个半痴半傻的流浪汉,捡瓶子捡纸壳为生,在街上尿尿也不躲到树背后,人瞪他,他还笑哩,布娃娃就是他的杰作。唉,天这么冷的,也不知道他怎么活呀。

春节报社终于关门大吉了。树倒猢狲散。祖冲之问我有啥打算,还说香港一家报纸在西安的记者站招人哩,问我去不去。我说不去。

又问我去不去华商报。我嘴上不说,心里在想:祖冲之啊祖冲之,咱俩啥情况,你不清楚吗?大专文凭,还是自考,人家现在正红火,门槛都高了,去了人家不要,脸往哪里搁?

我就说:不去,不去,写稿子写得够够的了。

我当时已经发下了誓愿:以后再进报社再当记者,我就是吃屎的狗。

散伙饭本来说要在报社楼下的"五味香"吃葫芦头,最后也乱哄哄地没有吃成。没有吃就没有吃吧,管他香不香,倒是扎扎实实五味杂陈了。

那个时候，乍暖还寒。那个时候，我国从乌克兰购买的瓦良格号航母被困爱琴海六百二十七天，终于锈迹斑斑地归来。那个时候，球星孙继海以两百万英镑的转会费加盟英甲曼城足球俱乐部。那个时候，国家广电总局禁播了台湾偶像剧《流星花园》……那个时候，一群曾在西安一家三流小报工作的年轻人，从此走上了不同的人生路。

祖冲之后来不知道怎么去了西藏阿里，最后落脚在西安一家国企的宣传部。虽然后来一直同在一个城市，但只是偶尔见面，联系就不多了。

伊丽莎白去了上海，还是做记者。她一直在上海，结婚，生娃，还拿了国家级的新闻奖。知道她的消息，但是再也没见过。

虎子换了一家报社，一直在西安。有一年，在西北大学有个全省新闻工作者的一个会。我遇到他了，那时他年纪不大，却已聪明绝顶，还是笑嘻嘻的，一问，当领导了。

齐永峰后来做婚庆司仪，也出演广告片，有时演幸福家庭成员，有时演商业成功人士。也拍电视剧，我看电视时无意中看到过他扮演的国民党军官。我一眼就认出他了。

我还在电视上见到过邹景春。邹景春后来去了电视台，有时候会出镜。

我的电视机是房东送的，是某个房客留下来的古董。只能收看陕西台，还净是不孕不育的广告。一直没工作，闲得只能看电视，特别是夜里，电视永远开着，发出声响，可破寂寥。那时候我穷得叮当响，居然很留心一个房地产的节目，看得津津有味，还记笔记，白桦林居、紫薇田园都市等西安著名楼盘烂熟于心。

也找工作了，没有合适的。好工作看不上我，烂工作我看不上。就像世间的女子，长得美的看不上我，长得不美我又看不上。哪个朋友劝我将就，我就故意找哪个借钱。钱借了。我说，不行，还要喝啤酒哩。朋友骂我不要脸，骂完了还是请我喝啤酒了。喝着喝着，我就笑了。朋友问我笑什么，我说我想出了两句诗。朋友也笑了。

那段时间我也写点东西解闷，写武侠小说，主人公是个嫩绿的少年，提一把砍刀，从洞庭湖打打杀杀到昆仑山，能打过就打，打不过就跑。

有一天，在屋里我听到窗外的蝉声了。突然意识到，呼呼又到夏天了。这是二〇〇二年的夏天。

我听了一会儿蝉声，觉得知了这小东西叫得真好呀，千转不绝。聒噪归聒噪，若是没有了蝉声，夏天似乎都不够正宗。就好像过端午节没有吃到粽子。就好像周星驰电影里没有看到吴孟达。就好像白读了大学没有谈过一次恋爱。

然后又想到，刚来西安时，和几个同学逛街，见一黑脸大汉在街边支起油锅炸知了叫卖，四个知了串成一串，要价一元。有好事的同学就买来几串，要试验谁有胆量去吃。我吃了。嘴馋的人口中无禁忌。

我刚这么一想，水泥巷的巷子口，第二天就来了一个老汉卖油炸知了串儿，你说西安这地方邪不？我又吃了一次。和同住一栋楼的邻居女孩姜南一起吃的。没有想到一个女孩子也敢吃。我赶紧给她买来冰峰汽水，她咕嘟咕嘟就喝。我们那天就守在油锅前，谈笑风生间吃了一肚子的知了，串串签戳了我的下巴，油星脏了她的白衣衫，不顾，还是说哩，笑哩，吃哩，喝哩。路人估计都在笑，这俩娃多多少少有点二，有点没眉眼。

姜南是我在城中村交到的朋友。大学毕业了，也不回家，租个房子念书哩，准备考研哩。还是个诗人，抽空还去一些高校参加个诗会。有时候还带上我。现代诗，都是怪话，我也听不懂，如听天书，去凑热闹罢了。

我觉得我们不是一类人。她勤勉自律，是个爱念书的学霸。我是个浑浑噩噩、得过且过的人。但是我们都有梦想，那就是一类人了。她的梦想是考研成功，考到北京去。我的梦想是花两块钱买个彩票，中他五百万。这么一比较，好像又不是一类人了。不管怎么说，这都不妨碍我们的友谊。

姜南说她风尘巨眼能识人，一看就知道我不是久居水泥巷的，必有发达的那一天。我嘴上说"哪里，哪里，连个工作都寻不下"，心里甜得都淌蜜哩，也亮起了一道光。

她送给我过一本书，上面题过几句诗，难为她没有写现代诗,专门为我写了旧体诗。可惜因为书已丢失,诗记不全了,能记起来的是这么几句:劝君莫欺夏虫小,一鸣可教天下知……

城中村的日子呀,也快活潇洒,也苦闷彷徨。我和小伙伴的梦想像蝉一样在黑暗的泥土里蛰伏着,不知道什么时候才能迎来光明,迎来一季的欢唱啊。

后来,姜南考研成功,去了北京。后联系中断,遂不知所踪。

那年的世界杯后,我则搬家到了大雁塔附近的庙坡头村。那边有我朋友,可以混吃混喝。那时候穷得手机都卖了,换成了小灵通。小灵通的信号很差,当时有个顺口溜就是说:拿个小灵通,站在寒风中;左手倒右手,还是打不通。打不通,我就去楼顶找信号。

那段时间频繁搬家。搬来搬去都是城中村。最后的落脚之处是后村,站在楼顶可以看到大雁塔。那时候,大雁塔周边大兴土木,拆了周边好几个城中村,在修南北两个巨大的广场,一派盛世气象。

我妈在老家淳化县,才五十,已经病退在家,不怎么去单位了。我一向报喜不报忧,也从来没有提我找不到工作的事。这么多年不是一直都在嚷嚷"少管我,少管我,我都长大了"嘛。出了校门了,成了行走江湖的英雄好汉了,咋能跟家里求支援呢?饿死事小,丢脸事大。

我妈有第六感，不放心，跑到西安来看我。来了就给我拆洗床单被罩，我也拦不住。洗洗涮涮了一天，我妈问我咋老在家窝着，不上班去呢？遮掩不过去了，又不会哄人，这才给我妈吐了实情。

我妈一听就愣住了，一下子又老了七八岁。我在报社的时候，虽说挣不了几个钱，说出来好听呀。老家人问我在西安干啥世事。我妈就说，报社当记者哩。老家人没见过世面，被唬住了，都说：有出息，有出息。

我妈一听我当不了记者了，慌了几秒，定住心神开始给我安排人生，说：好我的儿哩，西安不好混了，咱就回淳化嘛。寻情钻眼走后门，好歹都要给你在县上寻个工作。还能让你受恓惶？

我没有言传，我妈又说了，县上谁谁谁的女子在广东逛荡了好几年，现在收心了，回县上图书馆当管理员啦，闲得很，打毛衣毛袜子哩。又说县上哪个领导是她中学同学，关系铁得很，趁这个领导现在手上有权哩，赶紧把我一安排……

我才不要回山沟沟去哩，我也不爱听那些话，心里躁躁的，抓过一张报纸来，专瞅招聘广告。于是当天就胡乱寻了一家公司，跑去一应聘，成了。第二天，自行车一蹬，跟我妈说我上班去呀。

我妈问我是什么公司，我说是图书公司。

我妈脸上有了喜色，说：和你专业也算对口着呢。报纸和书是一路子，都登文章哩。报纸今天过去了，明天就没人看。书啥时候都能看。我看你这工作好。你好好的,稳稳的,我也就安心了。我回淳化呀,你好好上班,不要淘气。

我心想:好我的亲妈哩,你根本就不知道,你儿子上的这是啥班。私企,资本家剥削人厉害很,用人用得扎实,一周干六天,单休,还要加班。报社不坐班,自由惯了的人,哪里受得了这个?

从此做了打工狗,往事不堪回首。

办公地点先是在五路口附近的图书大厦,后来搬到了太白路。不管在哪,我都骑自行车。骑车有一样不好,牛仔裤的裤裆不到半个月就磨出洞来。有个女同事还添乱,下班了非要我骑车捎她。我根本就带不动她,颇为难。其他女同事看见了,打趣地警告我,不许辜负。但是到底还是辜负了。

其间,还遭遇了"非典"。但是该上班还是上班,对打工狗影响不大。倒是在此期间,查暂住证,我没有。在村口被警察拦住不让走,我害怕上班迟到,交了五十元的罚款才被放行,等到了公司,还是迟了,扣了全勤奖。

办公室没窗,暗无天日,永远明晃晃地开着灯,不知道外面的世界是黑是白,是阴是晴。

同事里有两个"中国好声音"。一个是陕北后生,善唱陕北民歌,一甩花腔,人直起鸡皮疙瘩。我们赞叹,他就谦虚,说和他老子他哥他姐夫一比,他唱得屁都不是。我们仔细一品,觉得他其实一点也不谦虚。

还有一个是西安本地女孩,其貌不扬,但是一唱歌,就把我们惊呆了,和歌手许茹芸唱得没有啥区别嘛。她说过,她家里人正在托某某领导给她安排工作,目前闲着,来找个事做解闷。等她的工作有着落了,马上就走。言外之意就是,我和你们不是一类人。我们听了默默。果然,几个月后,她走了。

　　公司还有一个"狐狸精",我们都很喜欢她。不过,她很快也走了。

　　还有老冉,他是我们部门的负责人。老冉是高陵人,门牙缝隙宽广,一脸沧桑,其实比我们也大不了几岁,面相老而已。老冉这人,业务不精,学历是谜,立足之本是对老板忠心耿耿。老板说加班,他就带头加班。老板私下里向他了解,部门里谁最偷懒耍滑,他点了我的炮。老板找我谈话,我不服,针尖对麦芒,拍桌子了,结局不用说,我卷铺盖走人。

　　一下公司的楼,骑上自行车要走,蝉声突然响起,惊得我抬头四顾。这时候已经入秋了,蝉声也是秋声了。

　　当天晚上,老冉给我打电话。牙缝宽,说话有点漏气。他说:好我的小杨哩。老板问哩,我嘴哭住,谁都不说也不合适。想来想去就说你啦……你不是在浅池子里扑腾的人,我能看出来你是有本事的,你要腾云驾雾哩。待在这烂公司就把你耽搁啦……千万不要怪我啊,咱俩关系一直处得好……

　　我笑笑,让老冉不必介意。

那家公司待了也就是半年的样子吧，一个完整的四季流转都没有走完，就被炒鱿鱼了。可是有刑满释放、重见天日的欢喜和解脱。

然后我又歇了半年，或者更久，期间也找了无数的工作，全无果。那么多用人单位都看不上我，渐渐地，自己都看不上自己了。

关于找工作的事，现在可以回忆起的有三桩。

一是去南二环靠近长安大学的一家公司去投递简历。公司具体做什么我忘记了。写字楼很洋气，有香水味和咖啡味，接待我的那个白领丽人也很俏丽。这让我自卑，局促不安。她把我送出办公室，让我回去等消息，我就回了城中村乖乖等消息，然后那几天满脑子都是她，抬头是她，低头是她，做梦都是她，跟得了相思病一样。然而并没有等到什么消息。

一是去一家杂志社应聘编辑。有个气宇轩昂的负责人看了一眼我的简历，估计是看到"自考大专"那一栏了，沉默了，用铅笔一下一下敲桌子。我以为他在思索要问我什么问题，就一直在一边候着。后来，他不敲了，开口说：你回去吧。

我当时人都是瓷的，感觉自己犯错了，但是不知道自己错在哪里，红着脸出去了。

世界很小，很多年后，这个负责人成了我的朋友，关系好到他每次见我都恨不得把我搂到怀里。每次喝酒喝到有点醉意的时候，我都想顽皮一下，告诉他，我就是当年那个"你回去吧"，但是每次我都忍住了。

还有一次，去一家家教公司应聘做文员。总算应聘上了，说是坐办公室，那工资低就低吧。第一天上班，有个瘦领导也不和我寒暄，开门见山，直接指派我到西北大学的宿舍楼找一个做家教的学生娃，问他为啥没有按时去给雇主上课。还要我拿出气势，脸放硬，话说重。

不是说好了坐办公室嘛，咋出外勤了？我虽然疑惑，还是去了。重回母校，景物依旧，木香园里木香开得正盛，大学生还是那么青春，唯有我灰头土脸，无心看花。寻到那个学生娃了，人家根本不理我，躺在架子床上假装睡觉，估计是和公司有了啥矛盾，正在赌气，我只好带上门，退出去。

快到中午了，太阳正毒的时候，瘦领导又派我上街在电线杆子上贴广告。我下了楼，自行车一蹬，直接回家了。回去了，房东家的大儿子在院里嚷嚷，说涨房租的事情。

山穷水尽、弹尽粮绝的时候，我开始想，西安这么大，并没有我容身的地方。哪里的娃回哪里耍去。要不，我还是听我妈的话，回老家淳化去吧。靠父母的关系找一份还算体面的工作，娶一个还算温柔的淳化女子，生一个还算可爱的淳化娃娃，男娃女娃都行，让我妈帮忙给带着。在淳化，我有一帮子同学哩，也没有人敢欺负我。我上班摸摸鱼，下班了到河滩耍水去，捡石头去，看夕阳去。饿了，想吃浇汤饸饹了就吃浇汤饸饹，想吃凉拌饸饹了就吃凉拌饸饹。唉，啥都不想了，就在淳化这个小地方安安稳稳过一辈子。人嘛，在哪不是一辈子。

可是，一想到要离开西安，我就舍不得，难过得想哭。钟楼不是我的钟楼，大雁塔不是我的大雁塔，我在西安连一片瓦都没有，我为啥割舍不下啊，真真不明白。

命运在二〇〇四年的九月六日有了转机。那天我穿了一件红色的短袖，带了几篇作文，走进了 B 报社的大楼，去见总编屈老师。几句话后，我被录用了。下电梯时，我有一种眩晕感，那是一种混杂着喜悦和疑惑的疲惫。

从 A 报社辞职时发的誓到底还是打脸了。兜兜转转一番又进了报社，而且一干就是老牛拉磨许多年。好像这辈子我只会干这个。

从二〇〇一初夏到二〇〇四年秋，一共近四年，那是我人生中最美好的青春年华。这四年里，我经历了一场不长久的疫情和一场不长久的爱情，做过两份不长久的工作，住过六处不长久的出租屋……这四年，在我四十四岁的人生中也是不长久的，零头而已，但是在我的记忆里这四年却是那么清晰，一帧帧，一幕幕，那些人，那些事，时不时就会浮现眼前，涌上心头。而耳畔，总会有三两声蝉鸣，又会想起曾经和一个写诗的朋友在水泥巷的巷口吞咽青春，嬉笑年华。

写于二〇二三年七月

空心菜

一到夏天总会让我想起多年前的那个夏天。记忆会像放电影，毕业后租住西安城中村时的一些生活片段就哗哗哗地闪了出来：

夹竹桃怒放。路边小店的遮阳伞饱满而浑圆。爬满绿藤的墙。冰镇可乐。公交车上的一个盹儿。寻呼机的嘟嘟声。巷口跑过一条狗。楼道晾着衣服。桌子上一盘空心菜……

那是二〇〇一年初夏，我搬出西北大学集体宿舍，搬进学校附近的城中村，何家村。住这里图上班方便。单位是一家小报社，小如芥子。

我这个初出茅庐的小报记者，一个月工资也就一千元左右，还能住多贵的房子？租的房子是个城中村顶楼的单间，不到二十平方米，租金一月两百。租房时，房东也不看我身份证，也不查问我祖宗八代，只是斜着眼睛问我是不是学音乐的。我说不是，我是学新闻的。

房东又问我会玩乐器不。我说不会，连打口哨都不会。

老板这才不问了，给我钥匙，说：行，那你住吧。

弄得我莫名其妙的。难道学音乐、会乐器都不配在城中村租房子住吗？

就这样，我在何家村开辟根据地啦。对了，后来才知道，唐朝的时候，苦吟诗人贾岛也曾寄身于此。难怪我此后的日子过得清苦，沾染了千年不散的穷酸气呀。

可是那时候我是初生牛犊，浑不吝。来到这村中是欢欣鼓舞的，有新朝初立、万象更新的喜气洋洋。

同宿舍的老大哥老曾跑来庆祝我的"乔迁之喜"，不由分说送我了一个架子床。当工人把架子床叮叮当当塞进我十来个平方米的小屋时，我惊呆了：学生宿舍再现啊。

老曾乐得露出了后槽牙，一手抹着脖颈的汗，一手拍着床板：哈哈哈，老哥做事妥妥的。以后来找你喝酒，喝高了，老哥就不走啦，哈哈哈。咱们还是睡上下铺，接着谝，哈哈哈……

但是，老曾此后竟然没有机会来找我一醉方休，联床夜话。一宿舍的弟兄说散就散。他毕业后很快签到了敦煌，去修复壁画，对着那些飞天神女哈哈哈去了，而我十多年来竟没有机会去敦煌去看老曾，忙着挣那一口嚼谷了。

架子床的上铺于是被我当成了储物间，胡乱放了几个箱子。下铺我睡，一床凉席半床书。

歪在凉席上，隔着绿纱窗看过去，可见一棵粗枝大叶的泡桐，遮住了半边天。

当时买了人生中第一台相机。柯尼卡美能达。咔嚓。第一张照片拍的就是那棵泡桐树。

少不了买了煤气罐、煤气灶、锅、碗、瓢、盆等过日子的家什。我搜集不锈钢勺子的习惯应该就是从那时候开始的。

下班后，回家路上溜溜达达，在街边摊上买一把空心菜和一小块猪肝带回去，炒着吃。厨艺嘛，无师自通，自成一派。也没有厨房，楼道里竖一个煤气罐，就挥斥方遒，烹煮天下了。

煤气罐里气不足时，火焰阳痿下去，锅里的菜半死不活、半生不熟的，让人都恨死了。

住我隔壁的一个大哥教我一个不要命的法子：将煤气罐放倒，踩在脚下，来来回回，捻之滚之，煤气罐摩擦着地面，就会多多少少吐一些残留的煤气出来。那时候真年轻，真二啊，也不怕煤气罐爆炸了。

记忆里，院中那棵参天的泡桐树开了很多花，真澎湃。饭菜的香气裹挟着泡桐花香，冲天香阵透长安哩。

那时正是空心菜上市的季节。感觉那段时间我天天都在吃空心菜。

空心菜的做法很简单的，菜油烧热了，拿葱末和蒜片炝锅，出香味时空心菜下锅翻炒。除过一撮盐，别的什么调料都不要。空心菜不用切，这样出锅后才可以用筷子夹着空心菜的菜梗将它们在盘子里摆放整齐。好吃，卖相也好，碧油油的。

我爱吃空心菜，住我对门的大哥则喜欢豇豆。豇豆长，豇豆香，豇豆炒肉吃光光。

他是江苏人，做装修的。名字我记不起来了，似乎当时也不知道他的名字，就叫他"对门"。他也叫我"对门"。彼此这么叫着。

对门大哥做饭只一个钢精锅，是个万能锅，炒菜熬粥都用它。我以前还真没有见过有人用平底的钢精锅炒菜呢。

他常吃的饭就是白米粥，里面下点"上海青"和花生，滚开了，撒盐。菜就是豇豆炒肉，百吃不厌。有时候打牙祭，他就吃点熏鱼或者炖猪蹄，这时候就可以开瓶汉斯啤酒了。

我和他两个人常在一个楼道一起做饭，因此彼此熟悉了，互相讨论烧菜之道。我现在能稍微烧点菜，应该和此段经历有很大的关系。

再熟悉一些就什么都聊，开始刨根问底了。他让我猜他多大年纪。我猜他三十了。

他告诉我他都四十了，颇得意。他的确看上去很年轻，皮肤好，白里透红，头发也浓密，带点自来卷，因为不抽烟，牙齿也白净整齐。他南人北相,个子也不低。总之,算得上仪表堂堂。

他说他的老婆在江苏老家开了个杂货店。他们还有个儿子,已经上小学了。他还说,他晓得他老婆有个姘头。

他问我知不知道什么是姘头,我不好意思起来,说不知道,有点假,说知道也似乎有点不合适。反正他的坦率让我吃惊,家丑不外扬的啊。

他很认真地用南方普通话解释说:姘头就是相好的,就是偷人。然后呵呵地笑。这一笑我也不知道他是不是开玩笑了。

吃过晚饭,他时常换件干净的短袖到离村很近的北方乐园去玩。屋子热,人待不住。

也许很多人都把北方乐园给遗忘了吧。其实当时它已经被废弃了,过山车和摩天轮都成了破铜烂铁。废弃的北方乐园有个露天舞场。他去那里是跳舞。

露天舞厅五毛钱一张票。他花钱不多就可以得到一晚的快乐。他也曾经约我去跳舞。我说我不会。

他很吃惊的样子:啊,不会?跳舞很简单的啊,抱着女孩随着音乐扭一扭就成了。扭一扭你不会吗?——那你跟我去乘凉好了,我请你喝冰峰。

冰峰是西安本土的一种橘子味的老牌汽水,玻璃瓶装。西安夜市摊上的必备饮料。

我没有跟他去过那个露天舞厅,我真的很笨,广播体操都做不好，自然不会跳舞。

他说他喜欢去跳舞是因为在那里可以见到许多江苏老乡。他们那一行里的江苏人很多。他们这些"南工"在北方很吃香。活儿做得细法，但收费也高。

除了见老乡，他还能认识女孩。他告诉我他有许多认下的妹子。这一点，他也是得意的，就好像他对于自己显年轻的相貌一样。

有时候下雨，他不去跳舞，就在屋子里喝啤酒。下酒菜是晚饭剩下的菜。有时候就到村口那家卤肉摊子买点熟食。常买的是卤鸡脖。注意，是鸡脖，不是鸭脖。一块钱一根，比鸭脖短，但是脖子上那层鸡皮肉还在，所以肉还不少哩。

有一次他喊我到他的屋子去一起喝啤酒，啃鸡脖子。他屋子的板凳和小茶几是他用攒下来的装修板废料做的，很精致，像工艺品。

他这回又说起了他老婆。他说：我眼不见心不烦，只要给我把孩子照管好，不和我吵架，她想上天，想成精，我都不管。

他说他老婆年纪比他大三岁，抱金砖。他不喜欢她，他喜欢的是他们家隔壁的一个女孩，女孩的哥哥是他同学。女孩不美，龅牙，但是就是喜欢，没有办法。他骑摩托车带女孩到镇子上看过电影。女孩的哥哥知道后就告诉他媳妇了……于是打过几次架以后他就跑出来打工了。

我记得不是很清楚，反正大概就这样，总之是他和老婆没有感情，自己来西安打工主要就是想躲开老婆，过清净日子。

天热，我们敞开门喝酒，也不怕蚊子进来。不多时，门口探进了房东女儿的头：呀，你俩喝上了？

房东的这个女子长腿，当模特的料子。高中刚毕业，大学也没考上，准备上民办。上哪一家好呢？"外事"不错，"西翻"也好，正犹豫呢。

我说：你进来嘛。

这女子就进来了，提溜了一串葡萄让我和对门吃呢。对门不吃，醉醺醺地往床上一躺，眼睛一闭，似睡非睡的。

我和房东女子面对面坐了，你揪一颗葡萄我揪一颗葡萄，边吃边闲聊。

我说：让你爸不要养那么大的狗了，行不？把人不吓死都要吵死。

房东养了个大狗，熊一样。后来我才知道那就是藏獒。楼顶养了好多盆花，十盆有九盆都是剑兰，上的肥料就是狗屎。上楼顶晾衣服你得捏鼻子。

房东女儿：我就不是管事的人。我把我都管不住——哦，对了，昨天上个月的电表我抄了，拿粉笔写到你门上了。

我说：你以后给我抄少点。

房东女儿点点头，细胳膊把雪白的大长腿一抱，身子一蜷，真的像个猫啊。

在《红楼梦》里，宝玉看到宝姐姐裸露的胳膊后是如何动小心思的：这个膀子要长在林妹妹身上，或者还得摸一摸，偏生长在她身上。

哎呀呀，那时候我心旌招摇，也窜出了一时三刻的小恶魔。

那时候我和小九分手不久。小九是我的初恋。那一刻我想小九了。

小九是来过一次我这个顶楼的小屋的。热，我随手拿来一个硬纸板当扇子给她降温。其实，扇出来的风都是温热的。看着她白玉般的颈脖沁出了细汗，我担心她会在我屋子热化了，然后像一朵云一般飘走。

我说，我们出去乘凉吧。她说不去。过了一会儿，我又说，我们出去吧，外边凉快些。她还说不去。于是，我扇了近乎一夜的扇子。

我扇扇子的当口，她随手拿来我桌上的本子和铅笔，瞅我了两眼，唰唰下笔，就给我画了一个小像。鼻子是鼻子，眼睛是眼睛，画得真好呀。

小九的家在江南，是我小时候读唐诗里读到的江南，是千里之外的江南。是什么样的造化安排能让她和我相逢在中国北方这座古城里的这个小小的村中小屋呢？即使是一段短暂的恋曲，也是让人难忘啊。

正心猿意马呢，就听房东媳妇在院子扯着嗓门喊女子哩。房东女儿皱了一下鼻子，跳下椅子，走了，有点不情不愿。

房东女子刚一走，对门大哥就鲤鱼打挺从床上跃起，用不熟练的陕西话响亮地骂：你就是个瓜怂！

我问他咋了。

他说，我都装睡着了，你咋不把她往你房子引呢？女娃对你有意思呢。你把她一上，你就是这院子的女婿了，你看到时候神气不神气，顶呱呱不顶呱呱？

我脸红了，忙说：醉了，醉了——快别大声，别让人听见了。

当年脸皮薄，就是因为这件事情我以后就有点躲着房东女子了，现在想来有点可笑。但当年就是那样子。

回到自己屋子，睡不着了。热。城中村的房子墙皮太薄，到了夏天，一晒就透，里面就像蒸笼。风扇转呀转呀。啊，风是热的。嗡嗡嗡地令人更躁。空调？村子里的电网根本负荷不动。在夏天，村子停电是经常的事。

灯光照在书桌上的那盆文竹，粉墙上就有了一片婆娑的竹影。我真想藏到那片清凉地里去。

冲了个澡吹着风扇还是热。就只好到楼顶去睡，也顾不得楼顶的狗屎味道了。

一到楼顶，不一样了。夜色四方笼，清风八面来。暑气消散，无上清凉。星辰在天，伸手可得。心思顿时飘远，在这夏夜良宵做静夜之思。

楼顶确实风大，爽，快哉。不过在楼顶不能直接睡。你想，水泥糊的楼顶暴晒了一天，到了晚上正散热呢，一摸都是烫的，直接躺上去就烙了锅盔馍了。非要铺层木板或者厚一点的凉席不可。一到黄昏时候，就有人拿凉席到楼顶占地方去了。到了晚上，男男女女横七竖八睡一片子。感觉整个城中村的人基本都睡在楼顶了。

我有一次在楼顶睡，旁边睡了个黑脸汉，赤条条地，仰面朝天，只穿了个大裤衩，伸胳膊伸腿，大剌剌热腾腾地在凉席上摆了一个"大"字，哦，不，"太"字。都越界了，一只脚伸进我的凉席上来了。

我的凉席主权神圣不能侵犯，我让他把腿收一收，他却说：咦，你咋这么难日的？

太粗俗了。把我气得不想言传了，他却和我搭讪，说他在这院子住了八年了，住的是"钉子房"，对这院里的事熟得很。还说我住的那个屋子邪得很，是"流水房"，留不住人，一般都是住个一两个月就要卷铺盖走人，不是自己不想住了就是被房东撵走了。最短纪录是三天。

原来曾经有个玩摇滚的住过我那间房。这人还组乐队呢，每天带着一帮子人过来在楼顶胡整，男的都是长头发，女的却是寸头，又摇又滚，又喊又叫的，整个何家村都受不了啦。这帮人穷得饭都吃不起，一包方便面三个人分，挨着饿还要喝啤酒哩。喝醉了，就啪啪啪摔酒瓶子。哼，不知道空酒瓶子可以卖钱吗？

摇滚了三天，房东就受不了了，脸放硬，眉头挤了个疙瘩，牵了藏獒，提了半块砖上了楼顶，让赶紧收拾了走人。这玩摇滚的人涵养极好，乖得像猫一样，不争不辩，不吵不闹，还笑嘻嘻地，打电话把他那一帮子人一叫，抬鼓的抬鼓，抱琴的抱琴，走啦。房东把那半块砖往地下一丢，嘴里还嘟囔哩：肯定又祸害隔壁村子去啦。

我这才明白我租房的时候房东盘问我会不会乐器，原来房东一朝被蛇咬，十年怕井绳了。

我听得兴奋，觉得自己选的这个房子好极了，有残留不去、生生不息的摇滚精神啊。可惜来得晚，不曾领略这群摇滚青年的风姿。

我好奇这个乐队叫什么名字呢，或许人家以后能成大气候，就火了呢。问这黑脸。黑脸说：谁知道是啥鬼名字。

我不甘心，又问那伙人的水平如何。

黑脸嗤之以鼻：啥水平？驴嚎狼叫唤，胡成精哩！

我突然一骨碌坐起来：大哥哪里人？我发现你的语言很生动，很解馋。

黑脸腿一收，眉开眼笑地，也坐起来了，答道：金周至，银户县。我户县的。

我脱口而出：哦哦哦，苦甜大王小偷。

每天早上，雷打不动，都有个蹬三轮的老汉到村子里来穿街过巷卖散装醋，用方言吆喝的是啥"苦甜大王小偷，苦甜大王小偷，苦甜大王小偷……"后来才听真了，是户县大王香醋。户县的大王镇出好香醋哩。

黑脸说：我户县还有户县软面哩。

我：碗大面软，吃了舒坦。户县软面，三秦第一碗，名不虚传。

黑脸：嘻嘻嘻，夸张啦，岐山臊子面不服，杨凌蘸水面不忿啦。

这一聊就热乎了，黑脸大汉：我看你是个嫽人，对脾气。喝酒不？我下楼给咱提一捆子啤酒去。

我说不喝，喝多了老想尿哩。

黑脸又躺倒摊开了：你确实有些难日。

这时候，楼顶一角有人喊我过去打扑克牌，"斗地主"，是对门大哥。我一过去，对门大哥就压低声音对我说：晓得不，那人手脚不干净，是个贼。

后来我才知道，全楼的人几乎都知道黑脸是个贼。他也不避讳，还给人说他盗亦有道，四不偷：穷不偷，近不偷，医不偷，不二偷。

意思就是不偷穷苦可怜人，不偷邻里街坊，看病的救命钱不偷，已经偷过的人家也不再偷。

楼上的房客都叫他黑娃，因为长得黑呗。谁家烧肉了就喊黑娃来吃，谁家打麻将就喊黑娃支腿子，谁提了重物上楼梯也喊黑娃过来帮忙……黑娃在楼上人缘不错。

嗨，对门大哥不说，谁能看出黑娃是个贼嘛。吓，五大三粗的，竟是个妙手空空。我不免扭头再盯那"太"字细看了一眼，别说，还真有几分贼样子，或许是心理作用吧。

又突然想到刚才在黑娃跟前胡说八道，说啥"苦甜大王小偷"，他会不会觉得我是故意影射，揭他的底呢？秃子面前不提煤油灯亮，矮子面前不提桌子腿短。他不会因此记了仇，以后寻我的事吧？毕竟明枪易躲，暗箭难防啊。但是人家都要请喝啤酒哩，好像对我还是很友善的啊……胡思乱想，就出错了好几把牌，气得对门大哥骂我：脑子呢，脑子呢？

楼顶除了胡诌的和打扑克的，还有吃西瓜的，哄娃的，听歌的，听广播的。广播里生殖科老专家的开场白耳熟能详："大家好，我是你们的老朋友刘学典……"反正总是要热闹一阵。也有穿了小睡衣、盘着头发的女孩子，拿本杂志借着幽暗的光亮在一旁静静地看。那时候手机还没有普及——她们是暂居此处的孩子，也许明天就到上海、北京之类的大地方去了。这里安歇不下她们的梦。

空 心 菜

夜一会就深了。楼顶的人也倦了。明天有明天的工作，迟到了要扣奖金的。睡吧，明天眼睛一睁，又要忙碌呢。于是不一会，全静下来了。鼾声四起，磨牙放屁。

我是个一有响动就睡不着的人。更有年轻的男女，精神头大些，睡不着，以为别人都睡着了，就偷偷玩了起来，到了兴头上不免哼哼唧唧。我听到了，就更睡不着了。眼睛睁得大大的，想昨天，思明天。

却见黑暗中有个红红的亮点，哦，那是谁抽烟呢，也是个睡不着的人啊。

周遭寂静黑暗，而远处是城市繁华处的霓虹，遥遥地仿佛在天边。那是一个灯红酒绿的不夜天，不属于我们的世界。

然后，太阳出来了，村子又喧闹起来，村子逼仄的路口塞满了卖豆腐脑的，卖煎饼果子的，卖河南胡辣汤的，卖豆浆油条的……吃完早饭，该上班的就上班了。

城中村的日子就这么整整齐齐地过去，一日一日在复制。当然，也有小风浪、小涟漪。

有天，我在边家村工人文化宫看完电影回来遇到暴雨了，也没伞，冲进雨里往我的狗窝赶，成落汤鸡了。回去一摸口袋，钱包没了。或许是被人摸包了，或许是雨中狂奔，掉出口袋了。反正是一分钱没有了，而离发工资还有半个月呢，这可咋活呀。

我去敲对门大哥的门，人不在。等到晚上，雨停了，对门大哥回来了，我再过去，对门大哥直挠头：呀，太不巧，我也没钱啦，工钱被拖欠了一两万，要不回来。

对门大哥说着就要翻口袋给我看，我连忙拦住，怏怏下楼，到了二楼，就遇到黑娃了。

黑娃在楼道炒菜呢，锅里热着油，花椒粒丢进去了，滋里滋拉的。他问我吃了没。我说没钱吃饭啦，就告诉了他我丢钱包的事。

黑娃一听，一边炒菜铲子在锅里翻着，一边指示我进他屋把床上的褥子掀开。

我进屋一看，被子叠得整整齐齐的，墙上挂着健身用的拉力器，贴着好几张周润发的明星照。

我依言而行，褥子掀开，原来床底下压了十几张大票子，有五十的，有一百的。他让我看着拿，我就拿了一张一百的。

他问我够不。

我忙说，够了够了，我给你打个欠条吧。

他就骂我：你看你难日不？

然后，他就给我表演了啥叫专业颠勺。还真不赖。我美美夸了一番，说他这水平进大酒楼肯定就是厨师长。厨师带个长，奖金使劲涨。

黑娃一高兴，就对我说：小杨，你想要便宜自行车不？品牌山地车，九成新，给别人二百三百四百不等，咱自己人，你要就是八十。

哦,我明白了,黑娃是个偷自行车的贼,准备销赃哩。

那天晚饭也是在人家那里吃的,不吃不许走。桌上也有一盘空心菜,原来何家村的人家都爱吃空心菜啊。

事后,我觉得挺讽刺的,丢钱了,借给我钱的是个小偷。

欠了人家人情了,是要还的。瞅机会吧。

当年,南二环原来有个帝王夜总会,里面好耍得很。后来有关部门根据相关规定勒令改名,就改成地王夜总会了,音还是没变。有一次,地王把香港演员龙方请来走穴,还广邀媒体去采访,借报道龙方来宣传地王。媒体去了十几家,我也去了。

咱在老家的时候录像厅没有白钻啊,香港电影如数家珍。龙先生(其实应该叫李先生,本名姓李)觉得一群记者里我最专业啦,就墨镜一摘,坐到我跟前,一直拉着我聊,其他记者都在一旁插不上话,干瞪眼。

就这,和龙先生混熟了,有来往了。别看在电影里他演得都是衣冠禽兽、阴险小人,现实生活中,爱说爱笑爱闹,别提多随和了。当然了,多多少少还是有明星架子的,喜欢让人捧着。这点咱严肃批评他,哈哈哈。

和我一个楼住的黑娃不是喜欢周润发,墙上还贴着周润发的海报嘛。龙先生在周润发电影《赌神》里演过那个让人恨得牙痒痒的"反骨仔"高义。咱就吃不上大龙虾咱吃点小龙虾吧。我后来带黑娃见了一回龙先生。这可把黑娃开心坏了,去之前还专门去村里的理发店做个新发型,沾了一脖子的头发渣子。楼上的人笑他是瓜女婿见丈人去呀。

见了也就见了,一说一笑一热闹的事。谁知黑娃魔障了,起了去香港拍电影做演员的念头。说他能吃苦,身手敏捷,愿意从武打替身做起,说不定以后就成明星了。希望我能给龙先生说说,让推荐下。

当时还没有"傻根"王宝强的成功经验做参考,我觉得他的想法很不靠谱。看他颠勺那两下子,他做厨师嘛还是有希望的。至于拍电影,瞎做梦吧。但是转念一想,当演员好歹也是正经营生,怎么都比做贼有前途啊,倒是可以试试,总不能否定一个人的梦想呀,万一实现了呢?

不过,我后来和龙先生却怎么联系也联系不上了,于是作罢。很多年后才知道龙先生那段时间身体有疾,在四处寻医中。唉,人生谁都不易。

黑娃却觉得我是不想帮他,我解释,不听,埋怨我,不停地说我这个人难日。

难(南)日你朝北日去!

我也怒了。怼他。

我一硬,黑娃却软了,笑嘻嘻地请我吃西瓜。

那年的宁夏西瓜极甜极大极便宜,五分钱一斤。我们把西瓜吃美了，整个村子到处都是西瓜皮，还有西瓜皮腐烂后散发出来的酸爽味道。

我抱一个，黑娃抱一个，哼哧哼哧上了楼顶，纳凉的人一起吃，连房东也闻声跑上来，一边让我们瓜皮不要乱扔，一边也狠吃起来。到最后西瓜再大也不够分了，一伙人起哄让房东请客买西瓜。房东下楼后就再没上来。把人都笑死了。

远处，夕阳的余晖照在远处北方乐园废弃的摩天轮上，浓墨重彩。

这就是我在西安何家村二〇〇一年的夏天了。

这个夏天，我说了很多话，做了很多梦，浪费了很多纸，花了很多钱，吃了很多空心菜，看过了很多云，走过了很多路，流了很多汗，认识了很多人……我说，哦，这就是生活啊，可是咋和想象中的有点不一样呢？

等那个夏天结束的时候我搬家了，从一个城中村搬到另一个城中村去。被黑娃说中了，原来我住的真是"流水房"。可是，在这城中村的寄居者，你来了我走了，谁不是流水呢？

那个曾哥送的架子床太沉重，就舍弃了，搬家时没有带走。

在我搬走之前，我的对门大哥已经搬走了。北郊有活儿，搬到北郊住去了。

黑娃还在，但是后来就没有联系了。希望他好好的吧。

我搬家后，房东女子还去我的新住处看过我一次。我要请她吃饭，她不吃。我就请她到网吧上了会儿网。再后来，我就搬到更远的地方去了，渐渐断了来往。

那个夏天在村子认识了很多人，有电脑城的导购，有电信话务员，有导游，有画家，有影楼化妆师，有卖灯具的温州小老板，有同居的大学生情侣，有身份不明的怪人……

在我们的生命里到底有多少人会参与其中，并发挥作用，使我们的生活产生影响和变化。我们无法统计。就像数卢沟桥上的石狮子，每数一次的数目都不会相同，因为总有人会被我们遗忘。

遗忘一些人，是不知不觉的。但是，吃空心菜的时候，我会想起他们，还有那个夏天。

写于二〇一七年春天

葫芦头

有孟良就有焦赞,有芍药就有牡丹,有屠龙刀就有倚天剑。羊肉泡馍和葫芦头泡馍也一样,那就是西安小吃的双璧双绝。不过,都怪羊肉泡馍的名气太大了,外地人多半不知道西安的好吃货里面还有个不显山露水的葫芦头哩。

我在老家淳化的时候,是没有吃过葫芦头的,听都没有听过,一天到晚光吃了荞面饸饹了。来西安求学后,吃东吃西,馋虫养肥了,知道了葫芦头。虚心请教西安本地的同学,问啥是葫芦头。

回答是:哦,猪肠泡馍嘛。直说不好听,就说是葫芦头。猪大肠油厚,肥嘟嘟的,切成小段就像葫芦。

有顽皮的,笑嘻嘻地来插嘴:葫芦头,猪的痔疮嘛。

嗨,一下倒胃口了。大学期间,居然没有胆子尝试葫芦头。

真正爱上这一口，那要到参加工作了。

毕业后我在一家小报做记者，报社就在何家村附近的水泥巷。何家村这个地方是风水宝地，二十世纪七十年代在地底一次挖出了上千件唐代文物，什么银壶、金碗、玛瑙杯，还有什么赤金走龙，后来都成了陕西历史博物馆的镇馆之宝。但是对我来说，此地更大的宝藏是报社楼下有个卖葫芦头泡馍的馆子，叫作"五味香"。

没有进店，站在门口就知道是香的。五味香店里的那一口大锅，一年三百六十五天，见天热气腾腾的。猪棒骨砸断，露出骨髓，配极大极肥的母鸡一起下汤锅，咕嘟咕嘟慢火熬煮。浮沫撇得干干净净，乳白色的热汤翻滚着，香气四散开来，遇上人，就往人鼻孔里钻，勾你进店去哩。

我的同事里有个吃货叫虎子的，虎头虎脑，大嘴吃四方。他引我吃了回五味香的葫芦头。师父引进门，修行在个人。我很快就上瘾了。西安人有顺口溜，说"提起葫芦头，嘴角涎水流"，一点不假。继羊肉泡馍爱好者之后，我又成了葫芦头爱好者。从此羊肉泡馍和葫芦头，轮番宠幸，岔开着吃。

五味香的老板姓白，年龄比我们大，我们都叫他白叔。我去得勤，他认识我了。上班下班从他店门口过，他看见了，都是要打招呼的。白叔总喊我"帅小伙"。这一喊，我这个帅小伙不进去吃一碗葫芦头，都有些过意不去了。

一进去，盆大的海碗一端，两个饦饦馍一领，寻个位置坐了，先掰馍。和吃羊肉泡馍的路数一样。

吃羊肉泡馍，馍是"死面"的，讲究掰成黄豆大小。一碗馍疙瘩掰下来，费手。没有大力金刚指的功力，一般人拿不下来。掰得潦草，不达标，老板脸色一沉，不给你上灶去煮，还把碗退回去，让你返工哩。你顿时臊得像个犯了错的学生娃。卖羊肉泡馍的基本都是坊上的回民，一个个生冷蹭倔，老陕脾性。

吃葫芦头，掰馍就轻松多了，馍是发面馍，馍块宜大不宜小，不然入汤容易泡散。所以葫芦头的馍，三锤两梆子就掰好咧，一点压力都没有。

掰好了，碗交给白叔，静坐看他表演。白叔一手端碗，一手持勺，汤锅边一站。干啥？泖馍呀。

卤制好，斜切出来的一份大肠摆放在碗里已经掰好的馍块上，用沸汤反复浇，汤浇进碗里又倒进锅中，勺子拦截着碗里的馍块，不让掉进汤锅里喽。反复七八次，热汤渗透馍块，使其软化入味，这种烹调手法就叫"泖"。

泖好以后，"肉如玉环汤似浆"，加上粉丝、木耳、豆干、葱花、香菜就算功德圆满啦，可以开吃了。想加油泼辣子的加油泼辣子。我是不加的，这么好的汤，不加，不加。

五味香的葫芦头，肥肠不腥不腻有嚼劲，馍块绵中带筋滋味长，但我更爱喝人家这汤，醇厚浓香。也不知道放的啥调和。据说,各家下料各有方子,都是秘不传人的。问过白叔,果然不说。我们的职业病犯了,硬要问。问急了,只说,不过是大茴、小茴、荜拨、厚朴之类,随着节气的不同,香料的配比是有变化的。

连吃带喝,吃得酣畅,吃得欢脱。吃的时候,就蒜,就泡菜,可以解腻。葫芦头店永远有一大坛子泡菜的,要吃,夹一筷子出来。老坛老浆水了,时不时咕嘟冒泡。这里的泡菜就一样,莲花白,脆而爽口。莲花白就是包菜,我们陕西人叫莲花白,过了黄河,山西人叫茴子白。

那段时间,吃了太多的葫芦头,肚子都给撑大了。记得我们报社的记者爱呼啦啦组团去,去了搬个桌子到店外的法国梧桐下去吃,边吃边谝。白叔要是得闲,一条白毛巾擦擦手,再擦擦鼻子眼睛,坐过来跟我们一起谝几句,常说的是:小伙子们把碗端起,好好吃,吃肠子补肠子哩。

我们说白叔生意好,把钱挣美了。白叔就说:半夜翻肠子,洗肠子,一熬一宿,你们谁见了?你们碗里的香,都是我在人背后下的苦哩。

虎子说:白叔,白叔,那你以后肠子不要洗那么干净啦,省点劲,臭香臭香的才好。

一桌人哄笑起来。白叔也笑,骂虎子:你个二货,快不敢胡说啦。干餐饮,进人肚子的营生,不干不净,那还行?

阳光透过树叶的缝隙洒下来。碗里的葫芦头一口一口进了肚子。那是二〇〇一年的事情了。

爱上葫芦头，现在想来，原因有三。一是解馋，大快朵颐。二是量足，吃个肚圆。三是快捷，无须久等。

做记者那会，年轻，饿得快，也能吃。再加上忙忙碌碌，吃饭也没有准点。在报社楼下的五味香点一碗葫芦头就是最好的一餐了。

最好是几个同事下班了一起去，吃葫芦头之前，先拼个凉菜，来个梆梆肉。葫芦头店里兼卖梆梆肉的。梆梆肉就是熏制的猪大肠，有一种特殊的烟熏香气，和葫芦头是一脉相承的美味。过去卖梆梆肉的，背椭圆形木箱，执木鱼状梆子，沿街敲击叫卖，因此得名梆梆肉。梆梆肉这样下酒的好东西都来了，不抿一口酒就说不过去了。酒一般就喝西凤酒。有一款绿瓶子的，陕西人爱它，俗称其为"绿脖西凤"。梆梆肉和绿脖西凤是标准的葫芦头伴侣。

酒至半酣，葫芦头冒着热气端上来，痛快淋漓地吃了，酒也解了，五脏六腑都舒坦了。然后拍拍肚子各自散去，或回家，或回报社加班赶稿子，吃饱了，心不慌，可以妙笔生花。

在这家小报只工作了一年左右，我就换工作去了另一家报社。新单位在北关，门前则有"春发生"葫芦头的北关分店，令我喜出望外。这也让我有了一种错觉，不开在葫芦头泡馍馆附近的报社就不是正经报社。

春发生，名气大，老字号，不少葫芦头馆子的名字里都喜欢有个"春"字，那都是蹭它的热度哩。"春发生"来自杜甫的诗"好雨知时节，当春乃发生"。总店离钟楼不远，在南院门，靠近粉巷。粉巷，听名字都知道，旧社会就是烟花巷。那时候，欢客们娱乐完了，身体掏空了，赶紧去春发生吃一碗葫芦头，补一下。

少帅张学良退守西安时，以春发生的葫芦头为伤病员的病号餐。每天发二十个牌子，凭此到春发生吃葫芦头，也补一下。

春发生的分店就在单位跟前，不去吃，真说不过去。那段时间，我做夜班编辑，晚饭就是去春发生来一碗葫芦头。春发生的葫芦头的配菜里有鹌鹑蛋，有响皮。响皮就是猪皮晒干油炸，在汤中煮软了，又筋又弹，别有风味。

馍吃完，汤喝净，打个饱嗝都是香的。必须这么结结实实吃一顿，不然熬不到半夜的。这是我的夜班餐。

不过，去春发生，时常会遇上报社领导。呀，领导也爱吃葫芦头哩。他们喊：小杨，小杨，过来一起吃。

我假装没听见，端了碗去别处的角落掰馍。哼，和领导一起吃，把人箍扎的，拘谨的，再香的饭都不香啦。

不知道什么缘故，几年后，春发生把北关的门店撤了，令人怅然若失。

后来，我辞职了。报纸没人看了，不辞职赖在报社干啥？

辞职后经常在家做饭吃，吃葫芦头的次数少了。偶有朋友来访，我才会带他们去健康路的"黄金碗"吃个葫芦头。这家的厨子是从春发生退休的老师傅。不知道什么时候开始还流行起了葫芦头小炒，酸酸辣辣的，偶尔换换口味也不赖。我就是在黄金碗吃的。

前几天，一个叫白洁的朋友约我去吃葫芦头，出于客气，我婉拒了。白洁真心实意地约呢：来嘛，自家的店，敞开吃，就在水文巷，我请你呀。

我一愣。原来，这白洁不是外人，正是五味香白叔的侄女。哎呀，那一定要去哩。于是，涉过流水的光阴，我去五味香吃了个怀旧饭。

给白洁带了个小礼物。一个文玩葫芦。带着葫芦去吃葫芦头，似乎挺应景的。

店装修过，已不是旧模样。白叔年纪大了，一宿不睡洗肠子，熬不住了，如今是女儿和女婿在店里忙前忙后。

二十年过去了，五味香葫芦头的味道没有变，店外的阳光也没有变，从法国梧桐的缝隙里漏了下来，散碎的光影里似乎藏着我的青春。

写于二〇二三年五月

房东们

西安人常说"家里有楼，吃喝不愁。搓个麻将，叼个烟头"，还有"两眼一睁，白板红中。一吃一碰，村里房东"之类的。这都是说城中村那些房东的，闲得光剩下打麻将了。哈哈哈，你是不是羡慕嫉妒恨了呀？

我曾经有五六年时间住在西安的城中村，和这些房东可没少打交道。

一

二○○一年的夏天，我搬出西北大学集体宿舍，搬进学校附近的何家村。

房东两口子四十来岁吧，有个花不棱登的姑娘，高中才毕业。

男房东外形颇油腻，胡子拉碴的，养藏獒，爱打台球，整日踩个夹趾拖鞋，穿个花花衬衫，有时则赤膊相见。

他那件花花衬衫一穿，好像刚从夏威夷回来的。远看蛮洋气，蛮花俏。可是走近一看，花花衬衫的衣料是廉价货，且有烟头烫出来的破洞。他媳妇整天闲得在家看电视，看"容嬷嬷用针扎紫薇格格"之类的，也不知道帮他补一下。

这家还有个非常老的老太太，是男房东的老母亲，据说都八十八了，老得生活不能自理。男房东整天闲得养藏獒、打台球，女房东整天闲得在家看电视，也不知道把老太太照顾一下。

这家房客里有个退了休的老警察，瘦瘦如干丝瓜。续弦了一个女人，这女人五十来岁，还带了一个半大不大的男娃。老警察的二婚被儿女不容，家里鸡飞狗跳的，不清净，老警察干脆带了这娘俩出来租房住了。老警察的工资卡交给子女，净身出户的，手头不宽裕，只能退而不休，把白头发染一染，去当保安，一大早就蹬着自行车出去了。有时候穿保安制服，有时候穿原来自己的警服，反正不细看，也分辨不出。老警察这女人是很老实本分的一个好婆姨，没工作，整日闲着。房东两口子提出免房租，条件是让老警察女人管老太太的吃喝拉撒。这事一说就说成了。我经常见这老警察的女人坐到楼道给房东他妈一口一口喂鸡蛋羹，喂小米稀饭，比儿女强。

男房东属于村里露天台球案子常住人口。不是撅着沟子在那戳台球，就是坐在那沙发上看别人戳。那台球案子支在村中心的菜场旁边，一局一块钱。我每天回家路过此地，远远地就可以看见他那件显眼的花花衬衫。男房东看见我了，会高声喊我：杨记者，来，戳一竿子。

但是，如果在他家院子遇见他了，即使在楼梯口，狭路相逢，他也理都不理你。

开始不明就里，后来就懂了。在外面喊我，那是喊给他打台球的那些三朋四友听的，显得他结交很广，人缘很好，四海之内皆兄弟。在他家院子嘛，就没有那个必要了，反正他是那个一亩三分地的王。

有一天，我一进院子就听见有吵闹声。原来是男房东她姐的娃，也就是男房东的外甥，一个瘦瘦的毛头小伙子来看老太太，也就是他外婆。不知道咋了，这外甥开始和女房东，也就是他舅妈吵，兴师问罪，说老太太受虐待了，指责房东两口子不孝，猪狗不如。话说到这份上，那已是撕破脸皮了。男房东不在家，应该是打台球去了。女房东媳妇高一声狠一声地和这外甥吵，又拍胸脯，又抹眼泪。后来就是舅妈撵外甥，要外甥往出滚，不走就放狗呀。

外甥年轻气盛，一腔子热血涌上头，一脚踢倒院子一辆自行车，吼一声"不养我养"，把老太太一背，噔噔噔下楼，负气而走。

这还没完。到了晚上,这瘦猴外甥又把老太太原样背回来了,臊眉耷眼,灰头土脸,气焰全无。后面压阵的是他妈,也就是男房东的姐,和男房东长得那个像啊。还有两个男的,应该也是这家的紧要亲戚,有点老脸面的,过来当和事佬来了。

背出去又还回来的老太太被丢到楼道,没人理会了。老警察的女人过去问老太太吃了没,女房东被踩住尾巴了似的尖声喊:不要管,让孝子贤孙管去。

老警察女人被吓住了。男房东他姐这边低三下四赔着笑脸说好话哩,女房东不依不饶,任你说啥,她只嚷嚷:断亲,断亲,这亲断定啦。

那两个紧要亲戚就劝:打断骨头连着筋哩。

男房东还是不在场,不然更热闹。这家闺女也不在。或者在,只是躲在屋子没有出来,也未可知。

因为这事,我对这房东两口子真心看不上。不过他家的姑娘是个好的,高个子,长腿,比她爸她妈都高,不打篮球、不当模特都浪费了。这女子经常找我聊天,无心机,天真烂漫。

我在这家院子住了一个夏天就搬走了。

二

搬家了,还在何家村。房东两口子,男的木讷,女的泼辣,平时都是这家老婆和房客打交道的。

如果不是牙有些黄,如果不是额头有点窄,如果不是腰有些粗……这女房东还算有些姿色的。但这就够了。女房东自信得很,啥漂亮衣服都敢穿,像个花蝴蝶,手上戴了好几个金戒指。

这家男的白生了一副大骨架,体弱,不太出门,总是躺在屋子沙发上歇着。吃个面,都要媳妇把辣子盐醋调好给他递到手上。如果非要说体育运动,那就是在院子砸核桃了。搞不懂,他家不知道为什么有那么多核桃让他砸。

这家院子有葡萄架,绿油油一片,结了那么多大葡萄。女房东说她家这葡萄是酸的,吃不成。我们这些房客不信,嘴馋,偷偷揪一颗丢嘴里一尝,眉头都挤到一块去啦,果然是酸的。

刚才说女房东吃饭的时候把面调好递到她老公手上,真事。这男房东对媳妇也好,说话时候口气软软的,笑得眼睛弯弯的。外人看来,恩爱夫妻。但是谁知道,这女房东给她男人戴绿帽子哩。

房客里有个老邹,就是这女房东的相好。确切地说,是老相好,以前好过。

我和老邹一墙之隔,常有来往。二〇〇二年的世界杯就是和这老邹一起看的,我没有电视,就到老邹处去看。记得那时候在播《少年张三丰》,这部剧,男二比男一帅气,女二比女一有扮相。男一张卫健,男二严屹宽,女一李冰冰,女二李小璐,全在颜值高峰时期。

去看电视，当然也会胡诌。谝熟了，老邹就把他和女房东的那些事全说了，掏心掏肺，抖干抖净。

老邹说，他俩是中学同学。老邹当年是校广播站的（但是我觉得他的普通话并不过关，陕普水平），很多女生都暗恋他，其中包括女房东，但是二人没有交集，用老邹的话说是"没有搭上线"。

后来出了社会了，俩人偶尔碰上了，一聊，女房东说她结婚了，夫家是城中村靠租房过活的，上下六层，房多。正好老邹要租房，这就搬过来了。此后俩人一来二去就好上了，偷偷耍了两三年。

对了，还有很关键的一个信息：男房东不行。哪不行？我们都懂哦。这是女房东告诉老邹，老邹告诉我的。

女房东和老邹的事情，男房东竟一直蒙在鼓里。女房东直到有娃了，这才收心，做回贤妻良母。而老邹在女房东怀孕期间也交了女朋友。俩人从此撒手，撇清，也没吵，也没闹。婚外情已逝，同学情还在，所以老邹依旧在这院里踏踏实实地住着，一住就是十来年。

对了，这期间老邹换了好几个女朋友，其中有一个还是女房东介绍的，是她的房客，省人民医院的护士，不过没成。这个老邹呀，外形上是小生，感情上是浪子，营生则是开皮包公司，空手套白狼。

房东两口子的娃叫东东，男娃，上小学，是个轮滑高手，人称"黄雁村小哪吒"，据说去香港参加过轮滑国际大赛。

东东的皮肤像女房东，黑黑的，眼睛又像老邹，丹凤眼，就是没有一处地方像男房东。这就可怕了。

问题是，每年过年，老邹还要给东东发压岁钱，一千。那可是二〇〇二年啊，那时候村口一碗面条才二块五毛钱。你说你一个房客，就算加上老同学这个身份，你给人家娃发这么大的红包，也不合适啊，你让人家东东他爸怎么想？

后来，涨房租了，给老邹也涨了。老邹很是愤愤，想不通，跑到我屋子感叹女房东无情无义只认得钱，还说他要搬家呀。但是直到我搬走了，他也没有搬。

我在这儿住了一年多，后来为啥搬家？

原因颇多。一是附近野猫多，晚上叫春，又吵人又吓人，害得人睡不好觉。二是我的中学同学张大器在大雁塔附近住，忽悠我去和他当邻居。

我正犹豫要不要走，一天我在楼道水池洗碗，洗完后，提了壶热水往碗上一浇，高温消毒嘛。用力大了，水花飞溅，从二楼落到楼下了。正好女房东在底下，淋着了，烫着了，杀猪般叫嚷，骂。

我吓日塌了，把头探出去赔笑脸：姐，姐，是我。

女房东跳着脚骂：你驴日的还想住不？

我说：姐，你甭骂了，我月底就搬。

女房东咯咯咯笑了：想走？没门。姐把你扣住，就不让你走。

三

第三站，一下子搬远了，跑到大雁塔底下去了。庙坡头村。

张大器带我到村里找房子，我被一家门上挂着的木牌吸引了。上写"有房出租"四字，正儿八经的颜体。书法很好，估计主人读过书，是通情达理之人。

我说，这家好，这家好，直接进去租了个房子，在四楼。

这家一共五层。顶楼又简简单单加盖了三间房，住了房东一家。一般的房东都住一楼或者二楼，少有住顶楼的，顶楼太晒，爬楼梯也够呛。估计人家觉得顶楼豁亮、清净吧。

房东家管事的是个歪老汉。"歪"在陕西话里是凶狠厉害的意思。对，此人是个狠角色。

歪老汉喜欢把外套当大氅往身上这么一披，指间夹着一根烟，却并不点着。走路时慢慢地，手扶着腰。有一股村干部般的气势。但他并不是村干部，就是个歪老汉。

每月我去顶楼交一次房租，会看到他的房间里有笔墨纸砚，估计没事了提笔练哩。

歪老汉脸上有一片烧伤后的痕迹，显得人更歪了。我估计他是结婚后毁容的,因为我看他老婆相貌端庄,年轻时候应该挺漂亮,如何能下嫁一个疤疤脸,光凭那一手好字恐怕不行吧。

我住的屋子朝窗外看去,有一棵参天的泡桐树,当时初春,新叶未生,光秃秃的枝干上却挂满了五颜六色的塑料袋包,状若球,红色和白色居多,不仔细看,还以为树上结果了,煞是好看。

住我隔壁的是个广西小伙,我问他这是咋回事,他一捂嘴,扑哧一声笑了。

原来,楼上的公用厕所,有人来也匆匆、去不冲冲,裤子一提就溜了,害得整栋楼都臭了。那时候也没监控,抓不住肇事者。歪老汉怒了,不信猫不吃糍子,拿了锁子把各个楼层的厕所门给锁了,谁要钥匙都不给,还贴了"卫生整顿,暂时关闭"的封条。可惜我没有见到这八个字,应该还是那硬胳膊硬腿的颜体。

厕所门一关,这可把整楼的房客害苦了。白天还好说,起码可以去街上找公厕。晚上就不方便了,特别是过了十二点,大门也锁啦,不想别的办法只能拉裤裆啦。

于是,有人实在憋不住,拿个塑料袋躲在屋子解决,装满"米田共",扎紧,神不知鬼不觉地从窗外丢出去,恶作剧,故意往树上丢,十有八九就挂到树上的枝枝叉权上去了。歪老汉把厕所关了一个礼拜才开,这一个礼拜,树上就"硕果累累"了。

嗨，这不是硕果，其实是定时炸弹，随着天气变暖，那些果子发酵后一个个炸开了……你可以脑补那种刺激。

还听这广西小伙说，曾经有个房客，是个刺头、杠精、二杆子，不知道为啥和歪老汉发生争执了。歪老汉忍住，不动声色，到了当月月底，一过十二点，衣服往肩上一披，敲这房客门去了，说房租到期了。城中村的房租一般都是一月一交的。

这房客和媳妇已经睡下了，隔着门就说太晚了，明天再续交。

歪老汉直接把话挑明：甭睡啦，赶紧起。你搬家吧，不租给你了。

当时是寒冬腊月，半夜三更的，一听这话，这房客直接蒙了，慌神了：叔，叔，好我的叔哩，我媳妇怀孕啦。

歪老汉：怀孕啦？和我有关系？要是和我没有关系，你就赶紧给我搬，不要叽叽歪歪的。我今天就是想给你娃教个乖。

歪老汉软硬不吃，这房客只能连夜搬家。那个狼狈啊，大半夜的搬家公司都不好叫，把家具零碎从楼上往下搬，一点一点先搬到街上，然后裹着被子在大风地里冻到天亮，才赶紧重找房子去了。真是遭罪了，把乖教了。那房客的媳妇全程呜呜呜地哭。

我听得心惊肉跳的，这歪老汉太歪了，此后对其敬而远之，遇见了叫一声"叔"就赶紧避远。

但是说实话，歪老汉对我还不错，有一次把我叫到他住的顶楼，说有个旧电视，是原来某个房客走的时候不要了的，让我抱下去看个《新闻联播》。

我就收了。虽然只能收三个台，但是晚上回去了，电视一打开，独居的小屋马上亮亮堂堂、热热闹闹的了。

"非典"的时候，谣言所致，盐价高涨。我们一楼的小商店也卖起了高价盐。再贵也要吃盐呀，一天我正准备买呢，正好歪老汉路过，把我叫住，不让我买：吃盐干啥呀，变蝙蝠呀？

民间传说老鼠偷吃了盐就会变蝙蝠，这我知道。我说：叔，不吃盐，嘿嘿，嘴里淡得很。

歪老汉：嘴里淡，那你咋不给嘴里搁个蝎子——走，到我屋里给你拿一包盐去，不要钱。

商店老板很尴尬。他也是歪老汉的房客，也忌惮歪老汉呢，就拉住我按原价给了我一袋。歪老汉这才冷着他火烧过的疤疤脸走了。

后来修大雁塔南广场，庙坡头村面临拆迁，我和张大器只能搬家。临走的时候，歪老汉还让他儿子帮我抬家具。

隔了五六年，在街上遇到了一次歪老汉。远远地就瞧见一个披着外套、缓缓踱步的人影，我赶紧喊"叔，叔"，他一看是我，居然还叫出了我的名字。寒暄几句，留了电话，但是并没有联系过。

四

离开庙坡头去了后村。我这次是和张大器合租的,套间,俩大男人一人一间,还有一个公用的客厅。

房东是一对老年夫妻。一大早,儿子儿媳去上班,孙子去上学,只剩下老两口。

院子是水泥地,因为洒水打扫太勤,都有青苔了。院里有个大瓦盆,里面养着金鱼。冬天瓦盆结一层薄薄的冰壳,鱼在冰下慢慢游。

老两口的外貌谈吐穿戴和村中的其他村民区别较大,像是工作过,见过世面,如今退休了的样子。具体情况不清楚,没有问过。他们家还订报纸。大门上有报箱,这就更不像村里别的房东啦。在没有失去耕地之前,这个村里的房东们都是土里刨食的老农民嘛,风吹日晒的痕迹还没消退干净,粗糙着呢。

我就是因为这个,才选择住这家的,就像上次在庙坡头村因为颜体字的牌子而选择住歪老汉家一样,因为这个报箱,我又选择了这一家。没办法,我是一个抠细节、爱文化的有为青年呀。

可是,房客里总有胡捣蛋的,比如在楼道堆垃圾了,折院子的花了之类,房东老头会在院子里破口大骂其祖宗十八代,这么一看又好像非常符合城中村房东的典型形象了。

房东老太太爱和我聊天,她告诉我,别看大雁塔现在这么繁华,二十世纪八十年代的时候这里还是大片的麦地。我的脑海里一下子就泛起了起起伏伏的麦浪,大雁塔淹没其中。

老太太听说我的老家是淳化的,告诉我她去过淳化,淳化的饸饹好吃,槐花蜂蜜甜。我留了心,给她送过一瓶淳化的蜂蜜,老太太要给我钱,我如何能收。老太太就开始给我张罗着介绍对象了。

这老两口非常热衷做媒,喜欢把单身的男女房客撮合到一块儿。

我觉得人家老两口挺无私的。你想,单身的男女房客撮合到一块儿,是不是就搬到一起去了,是不是就空出一间房了,老两口的房租是不是就要少收一份了?更有甚者,谈成了,就想住有淋浴有暖气有独立卫生间的公寓,就不住这儿啦,全挪窝啦。

他们把二楼有个叫莎莎的女娃给我介绍过。老两口很喜欢这女娃,昵称其为"莎莎娃"。

莎莎比我大两岁,在附近一家什么研究院上班,微胖,短发,有酒窝。我这么说,你是不是脑子里想到喜剧演员贾玲了。对,差不多就是那样子。不过莎莎不搞笑,还挺严肃的,看人的时候目光炯炯,手机拴个绳老是挂在脖子上。

房东老两口告诉我,人不可貌相,莎莎娃她爸在渭南开武校,还有运输车队,规模都很大,非常挣钱,很有实力。一到过年过节,她爸就开宝马进村子来接女子回家。关键是这女娃还是独生女。

莎莎愿意和我交往，但是我不热心。为啥？嫌莎莎脸不瓜子腰不细呗。好好好，我承认我年轻时候肤浅，就喜欢长得好看的。当然了，我现在也喜欢好看的。

老两口苦口婆心啊，轮番给我做思想工作，说莎莎娃是个过日子的，条件又好，错过了后悔一辈子。

莎莎当时已经在附近的翠华路买房子了，装修中，装修好以后就搬走了。走的时候请老两口去海底捞吃火锅。老两口问：小杨知道你要走不？吃饭叫小杨不？

小杨就是区区在下喽。

莎莎说：吃饭就咱们，不叫他了，也不要告诉他我搬走了。

莎莎口中的"他"自然也是区区在下了。

后来老两口反反复复给我学这一段。我听了心里也有一番惆怅黯然。老太太叹气道：小杨，你伤了莎莎娃的心啦。唉，你俩都是好娃，要是成了，一个照顾一个，一个扶持一个，多好哇。

和我同住的张大器倒是有女朋友了，常带回来同住，半夜三更不睡觉，一个照顾一个，一个扶持一个哩，隔着墙听到一些地动山摇，把人心里弄得乱乱的，比何家村的野猫叫春还要让人恼火。

我对张大器说，我搬家呀。张大器大喜过望，求之不得：好好好，确实不方便。

五

家当越来越多，搬家不容易，所以这次搬家就搬了几百米，还是在后村，巷子尾换到了巷子头而已。

房东一家我记得姓杜，一个老汉姓杜，儿子姓杜，儿子娶个媳妇姓杜，生了个牛牛娃也姓杜，一家子都姓杜，把杜给姓扎实了。

我为啥记得呢？这家的孙子当时五六岁，小名叫豆豆儿，带儿化音。这个豆豆儿只要一看我提着菜回来了，就咯噔咯噔跟到我屁股后面，跟到我房子来跟我拉呱。我一边做饭一边和他说话，我问他啥，他就说啥，他家祖宗三代的底儿都给我翻了一遍。我把饭做好了，他就跟我一起吃，毫不客气，饭一吃完抹嘴就走，很有江湖儿女的洒脱。

豆豆儿爸和豆豆儿妈也不怎么管娃。豆豆儿的一日三餐就靠在房客家蹭饭。一会进张家，一会逛王家，一会上三楼，一会下二楼，把人忙活的。刚搬来的时候，我一直以为豆豆儿是楼上哪家房客放养的孩子。直到有一天，豆豆儿到我屋子玩，一聊才知道，人家是这院子的正主，第三代，"皇太孙"。

豆豆儿爸个子目测不到一米六，在男人里算是偏低的，还瘦，蚂蚱腿。女房东个子目测过了一米七了，在女人里算是偏高的，还胖，麒麟臂。两口子站在一起，三号螺丝钉，五号螺丝帽，差着型号，不配套。

我有个同学，个子也不高，没啥找啥，缺啥爱啥，找的女朋友从不看脸，只看腿长不长，最想去乌克兰或者俄罗斯找个洋媳妇。我估计，豆豆儿爸和我这同学是一类男人。

一楼有个女房客，二十出头，在国美电器上班，性格开朗，颇有姿色，小萝莉风格。这国美女娃有个读研究生的男朋友，很是恩爱。豆豆儿妈和这个国美女娃关系密切，常相约一起出门逛街，算是有点闺蜜的意思吧。只要和这个国美女娃在一起，豆豆儿妈就不说陕西话了，说普通话，而且神情语气努力向这国美女娃看齐，学着装嫩，学着装可爱。但是让人觉得怪怪的。哪里怪又说不清。

豆豆儿爸寡言，寡欢，好像被人欠了巨款不还似的。不用上班的生活多么美好，不用管娃的爸爸是多么逍遥，不知道他为什么还不快乐。唯一能让他兴奋起来的就是打老婆。通常拿晾衣服的衣架抽，一抽一道红印子。

还会摔东西，镜子、水壶、杯子……全是这些能带响的且廉价的东西，动静越大越好。反正他们家值钱的家电一次都没有摔过。

乒乒乓乓的时候，全楼几十家住户都静悄悄的，大气不敢出，偷偷听着呢。响动最厉害的时候，一楼的国美女孩和她男朋友去拉过几次架。

一天晚上，整个楼上就听见一声惨叫：啊，我的鼻子呀！

这二杆子把他媳妇的鼻子打歪了。

有一次房东打老婆，一个邻居，宝鸡汉子老马愤愤不平，就说：这种人居然也有老婆。要不是有这五层楼收房租，把他搁到农村，他能娶到老婆？这女人也有问题，没骨气的，就让白打哩，一个蚂蚁大的碎男人你打不过他？就算打不过你不会跑吗？

老马是灭火器材推销员，退伍军人出身，大龄单身汉，一身的腱子肉和凛然正气。

有一次，老马从老家背回来一大罐头瓶子装的岐山肉臊子，馏热了请我们楼上几个关系好的夹热蒸馍吃，豆豆儿闻着味儿来了。老马给豆豆儿吃了一个肉臊子夹馍，说：你回去给你爸捎话，就说我们楼上所有的人都商量好了，你爸再打一回老婆，我们就全部搬家呀，不在你这儿住啦。

当天晚上，豆豆儿妈就站在院子把老马骂了，撵老马，不让老马住了，说老马管闲事、拉是非，是个搅屎棍棍。骂了几声就收场了。老马一直没有吭声，也并没有搬走。以后老马和豆豆儿妈院子碰见了，两个人脸上都笑意盈盈的，客客气气打招呼，似乎那晚豆豆儿妈骂的是旁人，并不是老马。

再说说豆豆儿爷吧，给我印象中，他总是搬个马扎儿在门口坐着。干啥？打脸。自己抽自己嘴巴。啪啪啪，声传十里，清脆异常，专心致志，旁若无人。

豆豆儿爷的脸上疙疙瘩瘩如蛤蟆背，也不知道是啥皮肤病。估计脸上的疙瘩发痒作怪哩，非得拍打了才舒服些吧。后来，别人一说"啪啪打脸"，我的脑子里就迅速进画面，毕竟咱见过。

我在这里也没住几个月，又搬家了。儿子打老婆，啪啪啪，老子打脸，啪啪啪，真受不了这家人。

六

久分必合。我和张大器又搬到一个院子来了，依旧是后村。我在这家住得最久，绝对超过两年了。

我和张大器都住二楼，我在北侧，他在南侧。这家条件好，楼是新盖的，又宽敞又干净，又朝阳又通风，一出门就是个公共浴池。最关键的是这家有网线。那时候很多城中村出租屋还都没有网线哩。

房东年轻，比我们大四五岁，很好沟通。这是我唯一可以叫得出名字的房东。男房东叫白强，他媳妇叫刘梅，人都不错，热情爽朗的性格。白强算是城中村房东里少有的上进青年。虽然可以逍遥自在吃房租，但是人家还挺拼的，在西工大附近经营一家网吧。那个年头，网吧很挣钱。自己开网吧，所以顺手也给他家的出租房拉了网线。

白强他妈是后村人，所以能给白强在后村留了这一院楼。他爸是有单位的，单位也分了房子的，所以他父母一直在单位家属楼住。

白强两口子有娃了，就搬去和他父母一起住了。白强走之前，从房客里找了个代理人做二房东，这个人就是老王。

算下来，我和二房东打交道的时间多一些，且是"麻友"，麻将桌上的朋友。

张大器这人爱玩，天天晚上在他屋子聚众打麻将，常去的除了我，还有院子的二房东老王，以及小王等人。

老王小王不是一家子，都姓王而已。

小王的工作是跑摩的，命背，摩托车让交警收了，到黑市再买一个继续跑。没几天，又给收了。小王气归气，仍旧再买。买回来给摩托车把手绑上辟邪的红绳子，摩的该跑就跑，牌该打就打，就是这么乐观向上，坚韧不拔。

老王是个搞装修的，负责揽活，然后交给别人去做。一年三百六十五天，我看他有二百天都在歇着。院子里支个躺椅，四仰八叉，搞得自己不是二房东，乃是正牌房东一样。遇到有人来看房了，老王沉着脸，端着茶叶缸子稳稳地就出来了，派头要拿捏到位哩。但是一说话就露馅了，老王是陕南人，不会说西安土话么。晚上没事，老王就爱来打个麻将。

老王来打麻将会带着老婆。他老婆没工作，一天就是在家给娃做个饭。这媳妇算是俏媳妇，饼子脸白白的，抹了很多粉，老王爱得很。老王一打牌，这媳妇就半倚半坐在老王的椅子扶手上，盯牌，嗑瓜子。

赢钱的时候，老王是可爱的，把二饼叫"奶罩"，把三条叫"裤头"，把五饼叫"四菜一汤"，把红中叫"大姨妈"……惹得媳妇扑哧扑哧地笑，戳他，给他脸上吐瓜子皮。

输钱了，老王闭上嘴，一声不吭，黑脸更黑了，还隐隐憋出紫红色来，很是面目狰狞。老婆嚷嚷着"换人换手气"，老王发犟，摸牌，不让位，老婆就掐他腰上的肉。老王忍着疼，发狠，摸牌，还是不让位。

有一次打牌呢，边打边说闲话，说到了院子的那几辆"僵尸"自行车咋不见了。二房东老王就说，他看那些自行车落灰挺厚，缺轱辘少铃，放到那好几年都没人骑，没人要了，放到院子里占地方，碍眼碍事，他就找了个收旧货的三锤两梆子给卖了，院子一下豁亮啦。

我和张大器没言传，结果小王一听躁了。为啥？因为那些烂烂自行车里有一辆是他的。

交警把小王的摩托收了，小王不敢言传，但是老王把小王的自行车卖了，小王就不依了。烂家当是宝。我的车子你凭啥卖哩？卖之前你给谁打招呼了？卖下的钱装谁口袋了？小王可不把他这个二房东看在眼里，拳头一捏，就要打呢。

老王嘴硬得很，脖子一伸，青筋都出来了：我图啥哩？我还不是想把咱们院子管理好。打打打，长本事了，把我碰一下，你看你还想在这院里住不？

没打成，被我们拉开了。老王却后怕了，因为小王认得一帮子开"摩的"的，那都是些二尿货，腰里别着刀子的。他害怕小王找人拾掇他，赶紧找张大器从中说和，最后赔了车，塞了烟，这事才算完，又可以一起快快乐乐地打麻将了。

还有一天，有个房客，是个东北小伙，去找老王退房。当时恰好老王和媳妇刚吵了一架。吵完架，媳妇吵赢了，上街浪去了，老王窝在沙发上生闷气，儿子在院子玩儿。东北小伙在院子碰见老王儿子了，跟老王儿子说要退房。老王儿子跑回家喊：爸，爸，有人要退房。

老王正憋了一肚子火呢，在屋里扔来了一句：我不管，问你妈去！

屋外的小伙一听，这话不对味儿呀，怎么"你妈"都出来了，以为是针对自己，东北人"你瞅啥——瞅你咋的"的精神上头，就要收拾老王：你骂谁？信不信我削你。

按理说，老王解释一下，就没事了。可是老王是老陕呀，生冷蹭倔呀：你说我骂你，我就骂你了，你把我屄咬了呀！

东北虎，西北狼，这不，打起来了。孤狼不敌猛虎，脸上挨了好几锤。小王过来拉偏架，把东北小伙胳膊锁住，老王这才转败为胜。最后警察来了。等老王媳妇已回来了，这回不骂老王了，还给老王抹红花油呢。老王龇牙咧嘴，一脸的小幸福。这顿打，也算值了。

七

到了二〇〇六年我买房了，有了属于自己的窝，离开了后村。第二年，张大器也买房了，也撤了。我们的城中村租房时代结束了。

大约是二〇一〇年吧，我在新闻里看到后村开始拆迁，专门赶回去故地重游，拍照留念。当时村子已经是残砖断瓦一片狼藉了，所幸还遇到给我做媒的那两位房东老人，他们抱怨鱼缸带不走了。老两口问我结婚了没有，我说没有，他们又念叨起了莎莎娃。

前段时间，和张大器闲谝，张大器说可以用"楼台六七座，八九十枝花"来形容我们俩在城中村的风云岁月。意思是说，频繁搬家，住所换了六七回，情路坎坷，女朋友换了八九十来个。

"八九十枝花"这是虚数，有水分的，对于张大器这种情圣来说，少了，对于我这种老实人来说，多了。住过的城中村出租屋有六七个倒是写实。我换了六家，张大器也差不多这个数吧。

回想起和我结缘的这六家房东，其面目性格人品各不相同，我对其有亲有疏有爱有憎。不管怎么说，我都不能忘记诸位房东给予我的帮助和照料，心中甚是感激和想念。特别是歪老汉和给我做媒的那两位老人，以及白强和刘梅两口子。有机会去看看他们吧。

我住过的那些村子如今全已拆除，我的那些房东也都迁往他处了。希望他们过得好吧。

旧事难忘，写文记之。

写于二〇二一年四月

楼顶记

住城中村的时候,冬夏难熬,冷时冷死,热时热死。那村里的房子是摞起来的火柴盒,墙壁薄如纸,不保暖不经晒的。

特别是夏天,西安也是"火炉子",村子更不好过了,那真是:夏夏夏,火辣辣。铁钉发芽,石板熔化。蒸笼世界好狰狞,胜似那千刀万剐。三昧真火头上顶,九重岩浆脚底架。撇下佳人借扇子,寻得王婆买西瓜。汗淋淋,滴滴洒。小蛮腰,大裤衩。三餐无味人瘦怕,唯有清风最无价。蟠桃叔命休矣,再热下去人就要日塌!

我年轻的时候住大雁塔附近的后村,一到苦夏,多了一项功课,就是一大早起来,少不了接一脸盆自来水晾在楼顶,这才出门上班去。

晚上回来,等夜幕降下来了,就光着膀子,肩上搭着毛巾,脚上踩着塑料拖鞋，摸着黑，蹭上楼顶，找自己的脸盆。楼顶已经七七八八摆了那么多的脸盆了。塑料的，花花绿绿。脸盆从村口的小超市买的，小超市还卖"康师傅"的弟弟，正儿八经的"康帅溥"。

脸盆寻到了，开始冲凉。

水晒了一天了，温热。哗啦哗啦，全身的毛孔瞬间打开，又凉快又清爽，有脱离苦海飞升仙界之感。楼顶的夜风大，此时吹过来，甚至已经隐隐感到冷了。这一刻，才觉得清风快哉，人间值得。

楼顶冲凉的可不是一个人。每个脸盆都有自己的主人，毫无例外全是臭男人。摩的司机小李、装修师傅王胡子和他儿子、灯具城的四眼、卖彩票的小胡子、贼娃子黑娃、大学生小四川、网吧管理员小涛、吃软饭的宝宝、安利公司的志国、小报记者小杨……对，小杨就是我。

反正都是男的，夜色里赤裸相见，彼此亮宝。

冲完凉，有人就优哉下楼了，屋子热如烤炉，我自然不回去，溜达到附近的大雁塔广场看喷泉，或者到村子的夜市吃龙龙妈的烤肉去。也有不下楼的，在楼顶聊天，抽烟，或者发呆。黑暗里，几个烟头亮着。再往上，天上的星星也亮着。往远处看，村外城市的群楼灯火明灿。那里是另外一个世界，冬天有暖气，夏天有空调，人间寒暑和它不相干。

也不知道是如何约定俗成的。九点以后，冲凉活动就要告一段落了，因为这时候有女房客陆陆续续上楼顶了。叽叽喳喳、嘻嘻哈哈的声音和廉价脂粉的气味也跟着上来了。

楼顶此时有男有女，是一个阴阳调和的世界了。冲凉时楼顶水泥板上的积水这时候也基本蒸发掉了，水蒸气被说说笑笑的声浪压制着。

也就一眨眼工夫，楼顶铺满了凉席。看似凌乱随意，其实有序有章法。谁占哪块地方，谁挨着谁都是有下数的。比如刘姐，会不动声色用她的凉席把小玉和小胡子隔开。

小胡子，原来是个黄牛，倒车票，后来在村里租了一个门面卖彩票，反正这辈子和票有缘。这小胡子带着媳妇和小姨子一起住，一间房子一张床，也不知道晚上咋睡。后来媳妇跑了，只剩下小姨子，住了大半年才走。这大半年里更不知道咋睡了。楼上人都看在眼里，只是不好问。

小玉头发刚洗过，湿漉漉的，穿着带袖子的小睡衣，看着都热。小玉手里捏着一把塑料扇子，摇啊摇啊，上面印着考研培训机构的广告。小玉大学毕业后，也没找工作，准备考研。刘姐就爱读书人，口头禅是：养娃不读书，不如养头猪。

凉席不能直接铺在水泥地板上，滚烫。楼顶有许多木头床板。床板铺下去再放凉席，这就对了。小胡子献殷勤，帮小玉搬了床板，本来想趁势挨着小玉铺凉席的，可以和女大学生拉几句呱,却被刘姐插隔住了。小胡子也不恼,默默掏出两枚硬币,摸索着夹住下巴上的胡子,猛地一揪。旁人看着都觉着疼。

一时间,凉席上或坐或躺了诸多热腾腾的肉身。聊天的、借着月色摔扑克的、戴着耳机听歌的、吃水果的、哄娃的、打电话的……那时候手机也只能打电话。

不少人带着枕头来的,夜深了就睡在楼顶了。此时还早,还要热闹一会儿。那么多张嘴喋喋起来,除过新闻旧闻,还传是非。其中最经久不衰的话头就是偷偷地骂白肚子和房东不是个好东西。

白肚子也是楼上的房客,是肉夹馍店里的打馍师傅。人胖而白,衣襟显短,一年四季都要露出一截白肚皮,所以就有了个这外号。白肚子打得一手好馍,标准的"铁圈虎背菊花心"。也打得一手好老婆,他的名言就是打到的老婆揉到的面,一天不打几回老婆就像油泼面里没搁辣子没搁盐,没滋没味了。看着老婆不顺眼,一个耳光上去了,又脆又响。院里人看不惯,也有劝的。白肚子眼皮一垂,说:唉,黑面馍馍酸黄菜,自己老婆自己爱。我也心疼她,舍不得打哩,可就是忍不住呀。你想想我受得啥罪,一天十几个小时在火炉子跟前烤着,蛋核都烤干了,换了谁火气能不大?等我老了,脾性就凉了,就舒展了,就不打了,发奖金我都不打,枪指着我都不打。就算她打我,我也不还手。

这胡搅蛮缠不是人话呀。慢慢就没有人劝了。只有房东嫌白肚子打老婆动静太大，吵着他了，有时候会跳出来吹胡子瞪眼地训上几句：你个挨锤子的白肚子，打个老婆都不会，咋哇乱叫的，你杀猪过年呀。你不会拿被子把头蒙住打，你不会拿胶布把嘴粘住打？

这更不是人话了。房东其实自己不打老婆的，头一个老婆得病走了，他没法打。顶多打一下头一个老婆留下的娃，小名叫淘气。房东又娶了一个二老婆，进门没有几天就把他降服住了，发起威来把房东、房东娃淘气、房东他爸，还有房东那条德国黑背狗一起收拾。房东是个浑人，为了保全自己和狗，就和这二老婆一起收拾他爸和他娃淘气。两口子不让老汉在屋里待，嫌咳嗽吐痰太烦人，就让整天在门口坐着，冬天裹个棉袄，夏天顶个草帽。村里人看他家的笑话哩，说巩老三屋里高级，门口配着门卫哩。房东姓巩，行老三，上头还有两个姐，所以村里人都叫他巩老三。

巩家大姐是个有良心的，时不时来看老汉，塑料袋里装点吃的，肉包子居多，老汉爱吃肉包子，有时候就是炸油糕、豌豆黄之类的。巩家大姐来了也不敢进门，眼皮把眼泪夹紧，肉包子塞到老汉手里就走了，不敢让他兄弟巩老三看见，看见就骂哩，说大姐是羞臊他的脸来了，然后肉包子就抢过去摔在地上喂狗了。后来淘气上学了，放学的时候，巩家大姐就在校门口等着，把吃食装到淘气书包里，让淘气给巩老汉带回去。谁知道，淘气走一路吃一路,等到家门口手里就只剩下一个塑料袋了。气得巩老汉骂孙子是吃屎长大的。淘气也可怜,在家也是个吃不饱的,挨打挨骂倒是家常便饭。好不容易逮住机会吃了他爷几个包子就挨骂了,淘气心里也有气,呛他爷哩,骂他爷是个"老不死"的,这话也是跟巩老三两口子学的。

整栋楼的人都说,也就是有巩老三两口子这样的房东才能有白肚子这样的房客,换了稍微是个人的早都把白肚子撵出去了。

小胡子感叹说:打老婆算什么,我是不打老婆的。

贼娃子黑娃问他:咦,你不打哪个老婆呀?

小胡子急了:嘴上积德,不要胡说。那是我小姨子,人家还是大姑娘,以后还要嫁人哩。

黑娃不依不饶:嫁我嘛。你姐夫,我妹夫,我和你当挑担。

小胡子狠狠骂了一句。

黑娃想回骂过去,却突然闭嘴了,因为白肚子笑眯眯地上楼来了。众人眼皮一翻,也不理睬他,又纷纷说起别的事情来。

一个说放暑假了,有个娃,家里是支摊子卖油条的,大人忙得不管娃。娃到莲湖公园耍水,掉到池子去了,喝了几口脏水被捞上来,然后就拉肚子,进医院花了三四千。娃他爸说,日他嫂子的,一个月算是白干了。

一个说有个小伙抽奖,抽了个宝马,人家却不认,说他的奖是假的,小伙气性大,当场爬上广告牌就要往下跳,然后记者就来调查这事了。哼,好戏到后头哩。

一个说后村说拆又不拆了,但是迟早也要拆的。

一个说最近派出所检查暂住证的事情。

一个说天气预报,说下礼拜有雨哩,到时候就凉了……

说着说着,夜深了,楼顶静下来了。醒着的醒着,睡着的就睡着了,也有打呼噜的。更有寻刺激的少年夫妻,哼哼唧唧的声音那是憋不住的。天上的星星更稠了。

我睡不着。一想到天一亮还要上班,就更睡不着了。

四点多的时候,楼顶横七竖八睡着的人里有个人影起来了,蹑手蹑脚地下楼。那是刘姐。她是个卖鱼的,早早就要开车到市场进货。她一个人供养两个大学生,儿子在武汉大学,女子在复旦大学。

写于二〇二二年七月

龙龙妈

龙龙妈嘛,自然就是龙龙的妈,龙龙爸的老婆喽。

龙龙妈是个开理发馆的中年妇女,有个儿子叫龙龙,所以我们都"龙龙妈""龙龙妈"地叫她。

认识龙龙妈是二〇〇二年,在西安南郊一个叫庙坡头的城中村。她在这村里开店,我当时在这村里租住,去她店里理过发。

没有买房前,我一直在城中村租房子住,从这个村到那个村,频频搬家,一搬两搬就到了庙坡头。庙坡头村在慈恩寺山门附近的大坡处,所以叫这个名字。住在这里蛮好,房租便宜,交通便利,市场繁荣,物价稳定,而且出门就可以看见庙里高耸的大雁塔,暮鼓晨钟的,沾了寺庙的仙佛之气。你说住在这里好不好?

住在这个村,原因是我的中学同学张大器住这里。大器真成器,他大学毕业后在大雁塔附近的市委党校上班,体面营生,令人羡慕啊。他住在此,图个上班方便。

他当时单身,一个人寂寞,就撺掇我,来吧,来吧,做个邻居。庙坡头好极了,风水宝地,有家回锅肉盖浇饭香得很。哦,对了,妹子遍地,一个比一个水灵。

我心动了,收拾铺盖就杀向庙坡头。回锅肉盖浇饭果然香得很,当时的物价,五元一份,肉多油厚,可无限续米饭,还免费送汤,其实就是刷锅水加味精。吃是吃美了,但妹子没有认识一个,倒是认识了龙龙妈。

头发长了,不清爽,烦恼丝。张大器给我推荐了一家理发店,就是龙龙他妈的店。张大器说,龙龙他妈的手艺好得很,最擅长"碎发",其纹理处理、层次掌控,已经达到出神入化的境界。吓,说得我不由不信啊。

张大器推荐的回锅肉盖浇饭没有让我失望,龙龙妈的手艺应该也很不错吧。去了之后,却见店里的懒人沙发上瘫了一个村妇气息浓厚的矮胖女人在那看电视。这女人四五十岁的样子吧,小眼睛,大板牙,脸白脖子黑,因为脸上抹了粉,脚底下蹬个粉红色的塑料凉鞋,露出大脚指头。那就是老板娘兼理发师龙龙妈了。我心里一惊:这婆娘,一点美容美发行业的浮夸气息都没有。最起码你也染一头黄毛啊。

龙龙妈见来主顾了,从懒人沙发上挣扎了半天起不来,遂放弃,大喊:龙龙,龙龙,把我搊起来。

"搊"是方言,就是扶起来的意思,发"cōu"的音。听口音,龙龙妈是宝鸡人。宝鸡话里最经典的一句是:我的娘娘呀!"娘"发"nia"的音。

从里间闻声出来了一个三十来岁的精瘦男人,眼皮也不抬,径直伸胳膊把龙龙妈扯了起来,劲儿真大。也看不出二人的关系,说这个男人是龙龙吧,龙龙妈应该没有这么大的儿子。说这男人是龙龙妈的老公吧,龙龙妈应该没有这么嫩的老公呀。到底是啥,咱也不敢问。

开始理发了,我让她给我刘海留长一点,因为我额头太大,刘海长一点多多少少可以遮掩一些。我还想再交代几句呢,结果龙龙妈一挥剪刀,霸气地来了一句:不言传,我知道,我知道。

没有见过这样说话的服务行业工作者,一下子把我噎住了。然后只听见剪刀咔嚓咔嚓的声音。

当时我闭上眼睛,暗自盘算:也就是这一次,就凭她这个"我知道",她以后再想碰我高贵帅气的头颅,休想啊休想!

不过,我此后倒是去了这家店好几次。因为和张大器两条"单身狗"一起在村子吃过回锅肉盖浇饭,台球也戳了几杆子了,妹子也瞧了半条街了,他说要去龙龙妈那里倒饬发型,我也不好意思说我不去,就只好去陪他喽。

去了几次,就搞清楚了人物关系。那个精瘦男人是龙龙妈如假包换的原配老公。龙龙妈真实年龄也就三十五六岁，面相显老而已。龙龙爸人瘦，再加上一头浓密的黑头发，显年轻。实际上，龙龙爸比龙龙妈还要大三四岁呢。你看，你找谁说理去！

至于龙龙，我也见了。又瘦又小一个娃。哪里是龙？是小虾米，是龙龙爸的缩小版。

去龙龙妈的店里，我最喜欢的就是看龙龙妈驯夫，可好看了。

龙龙妈的店也没雇人，夫妻店。理发师就是龙龙妈一个人，龙龙爸打下手。所以龙龙妈对龙龙爸的态度就有些像师父对徒弟，斥喝怒骂。

龙龙妈要用剪子，龙龙爸递剪子，递错了，龙龙妈就骂龙龙爸"笨尻"，眼睛还狠狠一瞪。

龙龙妈喊龙龙爸，喊了几声，龙龙爸回应慢了，龙龙妈就骂"瓷得跟砖一样"，或者"不吭气是死人呀"之类。

有客人，龙龙妈骂，龙龙爸讪笑解嘲。龙龙妈瞧见了，就说：我的娘娘呀，碎娃尿多，瓜子笑多。你笑啥笑，吃了喜娃他妈奶奶啦？

骂完老公，龙龙妈还要给顾客唠叨几句：唉，我这个老汉，干啥啥不成，戳牛牛不疼。啥啥都靠我呢。似乎是在解释自己骂老公的正确性和必要性。

我和张大器闲聊，我就说看看龙龙爸的处境，觉得结婚一点意思都没有。娶个婆娘那么丑不说了，还那么凶，我要是龙龙爸，我宁愿去慈恩寺当和尚去。

张大器不同意我的说法。他说，人家就是那种相处方式嘛，说不定龙龙爸还很享受呢。你呀，爱情小说看多了，过日子不是那样的。你以后就懂了。你现在还小。

我不服气了：我小，你大——你头大，臀大，锤子大。

再后来，大雁塔周边修广场，修公园，大兴土木。包括庙坡头村在内，附近的几个城中村即将消失了。我和张大器朝着大雁塔拜了三拜，叫了个三轮车就搬家到了幸福村，另外一个城中村。

幸福村是个化名。因为一些缘故，我就不提真名了。你也可以叫它某村，甲村，或者A村。

龙龙他妈的理发店自然也换地方了，据说是搬到城西的某处去了。我倒没什么。张大器痴心不改，穿过大半个西安去找龙龙妈。他就觉得天底下理发最好的就是龙龙妈。

张大器的头发有点自来卷，他喜欢把顶上的头发修短，修圆，鬓角留长，把人整得像个释迦牟尼。我觉得，就他这点儿要求，给我一个推子，我也能给他搞下来。但是张大器觉得他的头发只有龙龙妈方能降服得了。完全是心理作用吧，就像有些人相信大师开光一样。

张大器还说，耍酷就认周润发，理发就认龙龙妈。

晕，居然很押韵。

嗐，也就是龙龙妈这个中年妇女，但凡换一个人，我真要疑心张大器心怀鬼胎，是在贪图什么了。

从庙坡头搬到幸福村，我和张大器依旧是下班后在村里乱窜，干着不领工资的巡逻工作。

有一天，张大器进了一家理发馆。这家店呀，灯光是粉红的，有些暧昧。理发师是个妹子，发育得异常好，衣服显紧。

我心想：哎哟哟，你个张大器，陈世美，移情别恋了。龙龙妈到底还是敌不过妹子啊。

后来才知道冤枉张大器了。原来，张大器上礼拜倒了几次公交车跑去找龙龙妈理发，发现龙龙妈没开几天的店居然换老板了。离了张屠夫，就吃带毛猪？张大器的那几根毛总得找个人拾掇啊。于是，在没有龙龙妈的日子里，张大器迷失在了不断的探索和发现中。

直到有一天，我们在村里闲逛，夜巡，发现村东的出口处新开了一家烤肉摊。烤肉炉子摆在屋檐下，炭火通红，乌烟瘴气。烤肉炉子前端坐的一名烤肉的女汉子。定睛观瞧，不是别人，正是龙龙妈。脚上还是那双粉红色的塑料凉鞋。龙龙妈那身后站着的瘦小精干的汉子，自然就是龙龙爸。

熟人相见，分外热情。龙龙妈两口子招呼我们去吃肉。哈哈哈。

是大串的羊羔肉。我们坐定后，龙龙爸给我们端来了乳白的羊汤。还上了大葱，不辣，脆甜，是蘸酱吃的。西安的烤肉摊子是没有羊汤和大葱这一套的。所以我们觉得挺新鲜，挺高档。

一聊才知道，龙龙妈有个表哥做批发羊肉生意，一次碰到了，聊天呢，就说，我看你俩理发馆生意也不行，龙龙以后念中学花钱的地方多着呢，不如卖烤肉算了。从我这儿拿羊肉，我不挣你俩一分钱。你俩只要好好干，流一个夏天汗，肯定比理一年发强。

龙龙妈的表哥其实是顺嘴一说。龙龙妈上心了，说弄就弄，当天就在理发店门口贴上了"转让"的条子，然后奔烤肉摊摊上去了，不为吃烤肉，就为看烤肉师傅咋操作。瞪圆眼珠子看了两晚上，龙龙妈一拍大腿：会啦，会啦，和理发一个路数。

这一拍，龙龙妈就成功跨界了，转行了。

我不会理发，也不会烤肉，也不懂烤肉如何和理发是一个路数。反正我知道龙龙妈烤的肉还挺好吃的，嫩，不膻气。龙龙妈人也麻利，一个人盯着四五张桌子，哪个桌子上啥，哪个桌子缺啥，心里都有数，抽空还能骂几句龙龙爸。和理发店不同的是，此时有辣椒粉和孜然粉的助力，骂起来也辛辣有力了，全是短句子，比如"猪，麻利"，比如"瓜货，赶紧，赶紧"……

望着被烟火气笼罩起来的龙龙妈，龙龙爸偶尔也会回骂，嘟囔性质的，然后烤肉摊的喧嚣声会将其吞没，消失。我和张大器看在眼里，咬着烤肉签子，笑得发抖。

此后，我和张大器就经常去照顾他们的生意。有一天，我们去吃肉。龙龙妈说她把电推子拿来了，问张大器要不要理发。张大器涨红了脸，犹豫了一下。

龙龙妈：免费的，少扭捏，克里马擦，赶紧的，这会还没上客呢。过一会炉子上火一上来就没工夫啦。

于是，就出现了这样的画面：在城中村的烤肉摊子边，龙龙妈给臊眉耷眼的张大器理发啦，周遭人来人往，熙熙攘攘。

张大器，为你这样接地气的党校教师点赞。

我那时候还没有能拍照的手机，可惜。

给张大器理发的时候，龙龙妈对一旁的我说了一句：你看不上我的手艺，不然，也给你理一下。

我不知道该怎么接话，就假装没有听见。但是从她这一句话可知，大大咧咧的龙龙妈其实也是蛮敏感的一个人。

理完发，吃肉。我吃烤肉喜欢烤得焦一点，干一点，少不了给龙龙妈嘱咐。

龙龙妈就说：不言传，我知道，我知道。

陕西方言呀，真真"生冷蹭倔"，太容易令人误解误读了。这个时候，已经和龙龙妈熟悉起来，我已经知道，在她的语言体系里，"我知道"不是一种霸道的自负，而是一种积极的回应，翻译过来，就是"我明白了，你放心"。

因为熟悉，就没大没小了，经常开的玩笑是，喊龙龙妈过来，一脸严肃地说：龙龙妈，你尝尝你烤的肉。

龙龙妈小心翼翼地尝了，疑惑地说：我的娘娘呀，好着呢嘛。孜然搁多了？

我就憋住笑：咋一股子头发烤焦的味道。大器，你闻到了没有？

张大器做义愤填膺质问状：龙龙妈，老实交代，你到底是烤肉的，还是烫头发的？

龙龙妈这才明白过来，嘎嘎嘎地笑：坏尿，坏尿，俩都不是乖娃，葬我摊子哩，都搁下，不要吃啦。都不看我可怜，一烤一沟渠子的水，还要笑我呢！

那个夏天，城中村的房子墙皮薄如纸，晒透了，热得人在屋子根本待不住，只能在外溜达。当夜游神。那么，多半是溜达到龙龙妈的烤肉摊子上去。

和张大器一碰头，他就会招呼我"走，吃龙龙他妈的肉去"。阿弥陀佛，这句话不敢细琢磨，不然会让人恶心或者惊悚那么一下子的。

龙龙妈的烤肉摊在那个夏天生意火起来了。应该是整个村子生意最好的一家烤肉摊。原来村子里烤肉生意最好的是一家挂炉烤肉。因为龙龙妈的进入，挂炉烤肉这家避其锋芒，挪地方了。村里一个推着小车卖泡菜卖花生毛豆的老太太每天晚上都会把小车推到龙龙妈的摊子边上来，蹭热度。

我觉得龙龙妈的气质和风格，相比于理发店，她真的更适合烤肉摊。龙龙妈身上自带一股泼辣的劲儿，那就是个行走的烤肉炉子啊。

常去龙龙妈烤肉摊的还有村里的一只白猫。应该是野猫吧。只要龙龙妈一出摊子，它按时按点地来了，撒娇卖萌要肉吃。龙龙妈就从烤肉签子上捋一把生肉喂它。龙龙爸说酸话：你对猫，比对我好！

一来二去，这猫就成了龙龙妈的猫了，养得又白又胖，但是轻巧敏捷，从这个桌子窜到那个桌子，桌子上的冰峰瓶子和九度瓶子，一个都没碎过。

龙龙妈给这只猫起名叫"咪咪"。龙龙爸老笑话她：猫就是咪咪，咪咪就是猫，你起的这个名，等于没起。

龙龙妈让我和张大器给猫重新起个名字，她觉得我俩有文化，都戴了眼镜坨坨呢。

张大器说：这么白，叫滚雪球吧。

西安有一种小雪糕就叫滚雪球，五毛钱一个，很好吃，当年火得一塌糊涂。

龙龙妈说：这名字不好。里面有脏话哩。

我不知道她是觉得"滚"是粗话还是"球"是脏话。哈哈哈，问题是，她每天嘴里冒出来的脏话也不少啊。

张大器快快地说：你还文明得很。你不知道，"滚雪球"是有出处的。你知道曹操的"滚雪"吗？

龙龙妈：我知道，我知道，说曹操曹操就到。

我说：要不，就叫李白吧。

龙龙妈拍手：李白好，李白我知道嘛。"李白乘舟将欲行，忽闻岸上踏歌声。"还有"床前明月光"——对了，叫"白"我知道，是个白猫。为啥姓李呢？咋不姓张姓王？

我说：孙悟空为啥姓孙？

龙龙妈：我的娘娘呀，把人问住了，不知道嘛。

我解释说：猴狲嘛，所以姓孙。狸猫嘛，所以姓李。

龙龙妈想了想，然后就竖起了大拇指，夸我：兄弟，你真是个大学生！

我羞愧了。我是自考大专文凭。张大器才是正儿八经的大学生哩。

此后，那只猫就叫李白了。也许是给它起了名吧，我就觉得自己和这只猫有了缘分，每次去就要找李白玩。我一喊李白，李白就应一声，跑到我脚底下，露出肚皮，让我挠它，跟我一点也不见外。

龙龙妈看我爱猫，就要让我把李白抱回去养。我都动心了，一冷静又觉得自己光棍一条，把自己都养不好，就没有要。

这时候，张大器偷偷摸摸地脱单了。领出来吃我一惊。吓，这个女朋友呀，比张大器高半头，披肩发，小蛮腰，暗藏"胸器"。嗯，其实我早就知道张大器的口味了。

张大器和女朋友出去玩儿，老叫我一起去。我做了几次电灯泡，觉得怪没意思的。他再叫我，我就不太去了。晚上又实在寂寞，就会一个人去吃龙龙妈的烤肉。

在此，忍不住要遥谢龙龙妈了。谢谢你的烤肉，慰藉了当年我那颗孤独寂寞冰冷的心。

就是那段时间，我和龙龙妈建立了深厚的友谊。我不知道用"友谊"这个词是否恰当。姑且用吧。

一有空闲，她都会跑到我桌上和我聊几句。来客人了，她就马上弹起来，烤肉去。也不用人搊她了。龙龙爸不会烤肉，或者是龙龙妈不给他机会。

因为烤肉生意的成功，龙龙妈对自己的厨艺很自信。她教过我做岐山臊子面里的那种肉臊子。用她的方子做出来的肉臊子很好吃，用来夹馒头吃，非常带劲，就是太费馒头了。

我一个人吃肉的时候，要一瓶啤酒自斟自饮，蛮孤寂的。龙龙妈说要给我介绍对象，说了几次，像真的一样，但终未实现。其实我也不抱希望，能指望龙龙妈给我介绍什么妹子呢？大不了是他们村的刘翠翠或者王招娣，估计也穿粉红色的塑料凉鞋。再说了，龙龙妈忙得挣票子呢，也就顺嘴说说，哪里有工夫给我介绍妹子。

龙龙妈坐镇烤肉炉子，其实我和龙龙爸聊天的机会更多。龙龙爸不喝酒，酒精过敏。不忙的时候会过来陪我坐坐，提一瓶冰峰汽水，和我的九度啤酒碰一下。

和龙龙爸瞎聊，他告诉我，龙龙妈差一点就会成为一名医生。

我：医生？

龙龙爸咽了一口冰峰，郑重地点点头。

我太坏了，脑海里马上出现了一个画面：一个彪悍的中年妇女，穿着白大褂，脚上套着粉红色的塑料凉鞋，一手拿着电推子，一手抓了一把烤肉。

如果要给这幅画上题个字，那就是：不想当医生的烤肉师傅不是好理发师。

龙龙爸说，龙龙妈当年上的是卫校，学的临床医学。因为龙龙妈的爷爷是当地的一个赤脚医生，开诊所的，还挺挣钱。这个诊所说好了是要传给龙龙妈的，只等龙龙妈毕业了就可以继承祖业。结果，龙龙妈的一个堂弟眼红了，闹着也要学医哩，也要那个诊所哩……孙子毕竟比孙女亲，结果就是诊所给了龙龙妈这个堂弟了。龙龙妈她爷就哄龙龙妈，说给龙龙妈再开一个诊所。龙龙妈气性大，说她不稀罕，卫校还没有毕业就跑到西安打工来了，在一家理发店做小工……

说到这里，龙龙爸嘿嘿一笑：我当时也在那个理发店当学徒。你嫂子当时还是个小姑娘,给人先头,大冬天,洗得满手都是口子。我问她疼不,她说不疼,还张着嘴瓜笑哩。那个店用的都是劣质的洗发膏,腐蚀性强得很。唉,你嫂子那时候也受了罪了。别看现在一百五十斤,那时候瘦得就像一把柴。晚上睡觉,老板两口子在里间,有电褥子。我和你嫂子就在店里的沙发上凑合,别说炉子,暖壶都没有。店里就两沙发,一长一短,晚上就当床哩。我看她一个女娃娃,不容易,我照顾她,我睡短沙发,让她睡长沙发。那时候确实年轻,火气大,也不知道冷。结果,半晚上,迷迷糊糊地,迷迷糊糊地……

我问:迷迷糊糊地怎么了?

龙龙爸却不说了,咬着冰峰的吸管嘿嘿嘿地笑。

我也嘿嘿嘿地笑,画面太美,我不敢想象啊。

后来问龙龙妈学医这回事,龙龙妈承认确实读过卫校,现在还会给人扎针呢,他们家龙龙有个头疼脑热都是她给配药哩,从不去医院。

她说:人呀,在世上讨生活就要有手艺,开诊所也好,开理发店也好,摆烤肉摊子也好,都是手艺。有手艺,就饿不死人,饿死的都是懒人。张大器会讲课,那也是手艺。哦,对了,你们单位是干啥的?你会啥手艺?

我想了想,羞愧了:嗨,我啥都不会,就会吹牛皮。

龙龙妈拔高声音:我的娘娘呀,吹牛皮也是手艺啊。牛皮吹得美，都能日弄鬼。牛皮吹得好，好处不会少。

我：哈哈哈，好的，我会努力的。

白居易说得好：彩云易散琉璃脆。龙龙妈的生意正红火的时候，出事了。

城中村天高皇帝远，摆摊子做生意，不用看工商税务的脸色，但是得给村上按月交钱，叫作"经营费"。那个夏天，村里出现了暂时的特殊情况，具体情况我也不清楚，只是大概知道村子里不知为何居然出现了两套班子。你不服我，我不服你，都说对方是假冒的非法的。然后两个班子都派人去收各个商户的经营费。然后情况就乱了，老实巴交的商户，特别是南方来的那些外地商户，怕惹事，两边都交了。还有一些商户是看人下菜，哪边来收钱的气势强硬就交哪边。还有一些商户索性两边都不交了。

龙龙妈就是属于两边都不交。她想着，国无二君，村无二村长，先不交，等这两派争斗个输赢出来再说，不然交错了吃亏的是自己。钱又不是风刮来的，又不是中彩票得来的，是老娘一根签子一根签子烟熏火燎烤出来的，不容易啊。

两个班子恨得牙痒痒，此时心意相通了：要个钱这么作难的，不立威你们还当我们这是过家家呢。敬酒不吃吃罚酒。好办，找个典型出来杀鸡儆猴。

也不知道是联合出手还是单独行动，结果都一样，龙龙妈的摊子被砸了。

被砸那晚，我不在场。是几个月后和房东打麻将的时候才听说的。

据说，来了十几个人，全部光膀子，戴白手套。过来见桌子就掀，见酒瓶子就往地上摔。吃烤肉的人都吓跑了。龙龙妈打电话报警，手机被摔了，头上还被小板凳砸了个窟窿。龙龙爸也被追着打，拖鞋都跑丢了。龙龙妈一脸的血，拿了一把烤肉签子，一边嚎，一边要戳人……

后来在赛格电脑城修电脑，遇到一个伙计，此人也在幸福村住过。瞎聊呢，就聊到了这事。恰好他在幸福村住的房间，楼下就是龙龙妈的烤肉摊子。

那天晚上，他目睹的情形是：那群闲人来砸摊子，龙龙爸拦住不让砸，就让人打了，嘴巴抽得叭叭响。这群闲人都是雇来的，一晚上五十块钱的活儿外带一顿烧烤那种，所以也就划不来出大力，恐吓为主，暴力不足，龙龙爸也没有伤筋动骨。龙龙妈却急了，拿小板凳砸了自己的头，血哗啦就下来了。顿时就成了个血人。那些闲人一看见血了，也就散了。几分钟后，警车来了……

不知哪个版本更接近真实。结局只有一个：龙龙妈的生意做不下去了，从那天起这家人也不知所终了。

后来那个铺面就转给了一家福建人，卖香菇面。香菇切丝用猪油加酱油炒香做浇头。白水煮白面，端上桌之前放一勺炒好的香菇，外加几片青菜。味道一般，哪里有龙龙妈的烤肉过瘾啊。

后来，我还在村里见过李白，它在一个配钥匙小铺的屋顶上卧着。它已经沦落成了野猫，灰头土脸，不白啦。我喊它，它似乎不认识我，瞅也不瞅我一眼，跑过屋顶的石棉瓦，蹿上一棵泡桐树，溜走了。

再后来，这个幸福村也要拆了。一夜之间，满村的墙上画满了粗暴的"拆"字。幸福村里的房东从里面看到了一个"财"字，因为有巨额拆迁款啦。我们这些房客从中则看到了一个"惨"字，因为没有栖身之地啦。

幸福村也不幸福了啊。那几天，我的脑海里就老是回旋着一首香港老电视剧的插曲：太平山下不太平，乱世风云乱世情。似水年华如一梦，历尽沧桑苦飘零……

心理压力很大。我和张大器商量，看这态势，蚂蚁吃大象，城中村迟早是要被拆完的，喝酒吃肉的好日子不久长了，咱们还是买房吧，不然到时候落脚的地方都没有了。

就这样，我们开始各处看楼盘。贵也没办法，一咬牙，稀里糊涂就买了，做了房奴。

我是在长安区的大学城买的房。张大器在西影路买了房。我们这对小伙伴离开了幸福村，说散就散了。

我在大学城又打了几年光棍，频繁相亲，积累了些许经验，然后就成功骗了个妹子结婚了。婚后搬家到了含光路，住在了我媳妇单位分的房子。

有一天，我和我媳妇逛，逛到吉祥路小学门口，小学生快放学了。校门口都是等着接孩子的家长，乌泱乌泱的。我拉着媳妇在人堆里挤。这时候就有人拍我肩膀，还大喝一声"兄弟"。

我虎躯一震。猛回头。龙龙妈！

嗨，这些年过去了，她就没有变。还是那么胖，那么矮，那么乡土气息。这时候她真真正正五十来岁了。五十岁的脸对应到了五十岁的年龄。此时，就不违和了，恰到好处了。哈哈哈。我想，再过十年，估计她还是这样子吧。

她语速很快，三言两语交代了自己这十来年的经历。

龙龙妈去过新疆，批发过葡萄干、无花果干。在一家涉外劳务输出机构干过，招到人就可以提成。春节时候家政缺人，她还赶到雇主家里擦窗玻璃，清洗油烟机……如今她在学校附近租了一套房子，添架子床，添桌子椅子，拾掇一下，就开了个"小饭桌"，负责十几个小学生的接送、就餐、午睡。忙忙碌碌，收入还是不错的，算是找对方向了。学生娃的钱好挣嘛。

我问龙龙爸呢。回答是在深圳接送孙子上幼儿园。孙子是个宝贝蛋蛋，两家人宠，今年轮公婆家出一个人，明年就轮到娘家出一个人。是轮换制。

我这才意识到，龙龙都成人了，小虾米都当爸爸了。心里有了感叹。

龙龙妈接着说：龙龙和他同学在深圳合伙开了个牙科诊所，忙日塌了。

不知怎么的，我的鼻子都酸了。我说：啊，是医生啊，好啊，真好，真好。

龙龙妈：好，老话说得好，过来了都是好年景。

她问了一些我的情况，也问了张大器的。我答了。

龙龙妈悄悄拉住我的袖子，压低声音，对我说：我的娘娘呀，你这媳妇咋这么心疼的？眼窝大得，鼻子棱得，眼眨毛长得都能夹住苍蝇……张大器和那个女娃结婚了吧，没有换对象吧……哎呀，你咋还不要娃。有娃了，上学了，我给你接送啊，不要钱的。

那个音量其实是故意让我媳妇能听到的。我媳妇听见了，就偷偷笑。后来"眼眨毛长得都能夹住苍蝇"成了金句，被我媳妇模仿了大半年，笑了大半年。

看着龙龙妈拉着我絮絮叨叨，那一刻，我觉得龙龙妈像我老家的某个亲戚里的妗子或婶子。真的是那个感觉。

说话间，我发现龙龙妈的额头隐隐有伤疤。不知道是不是在幸福村用小板凳留下的纪念。

我们挤在人群里说话，颇狼狈，这时候，小学生从校门里涌出来了。龙龙妈急着接孩子，不敢多说，匆匆互留了电话就散开了。临走时，她让我给张大器捎话，想理发，找她去，电推子还在，理发手艺还没丢。

我点点头，笑了，我没有告诉她，我们的党校副教授张大器同志已经不需要理发了。因为张大器入到中年后，忧国忧民，发量遽减，现在和孟非、徐峥、葛优、张卫健这些优质男神同一个发型喽。

哦，我还忘记告诉龙龙妈了，我如今真的养了一只猫，是一只蓝眼睛白毛的银点，名字也叫李白。

写于二〇一九年六月

六百路

我爱西安这座城。爱这个城市的历史,爱这个城市的街巷,爱这个城市的小吃,爱这个城市的男人和女人……也爱这座城市里南来北往的六百路公交车。

二〇〇七年的时候,西安还没有地铁。我的单位在西安的北郊,而我住在南郊之南的长安县。哦,不对,应该叫作长安区了,可是习惯里还是叫作长安县。歌手马飞有首《长安县》的歌我们都爱哼:长安县的天是那么的蓝……

住在南山脚下的长安县,每天上下班要坐六百路,也只能坐六百路。

六百路是双层车。

当六百路的车顶擦过林荫树的树梢发出哗啦哗啦的声响的时候,当六百路巨大的身躯潇洒地穿过西安古城墙门洞的时候,当六百路在疾速行驶中一个大转弯令车身摇摆引人惊声尖叫的时候，当坐在六百路上看西安街市上的一路美景的时候……我就彻彻底底地爱上它了。

我知道，爱六百路的人爱得要命，讨厌六百路的人又讨厌得不得了。

有个仁兄就嫌六百路太过拥挤。

我承认六百路上人挤人，一车人的胳膊腿没有一个不硌得生疼。但是，胳膊压着胳膊，大腿叠着大腿，挤得密密匝匝也算是一种缘分呀。在这人海茫茫的城市里，我们都孤独，都陌生。在六百路上，我们有了一时的交集，一刻的偎依，一瞬的取暖，一刹那的慰藉。虽然我们不曾言语，但我们同一个方向而行，这不是同舟之谊是什么呢？

不爱六百路的仁兄又说了：上一百次六百路，九十九次都没座位，站一路回去骨架都被摇散了。

我就要笑他不懂这是强身健体、修炼武功的大好机缘了。欲练神功，无须自宫，坐六百路就成。看过《神雕侠侣》的都知道，杨过受神雕指导是在海潮中练成神功的。这六百路上摇摇摆摆岂不是模拟海浪？没有座位就赶紧望紧扶手，马步扎起，凝神聚气，咱们操练起来吧。车朝左晃，身体重心就随之左移。车朝右晃，身体重心随之右移。到站了，车门哗啦一声打开，就随之呼吸吞吐丹田之气……一个礼拜下来，恭喜你，你的任督二脉已

六 百 路   209

经打通啦,维护世界和平的重任就交给你啦。

哈哈哈,不开玩笑了。说实话,在车厢里人挤人地站着,有时候的确是怪崩溃的。特别是,当一个刚吃过葫芦头就大蒜的黄牙大叔呼哧呼哧几乎要吻上你的脸庞时,当一个肉囊囊热腾腾的身躯肥腻腻地紧贴你时,你都要一佛出世二佛升天了。可是你微微转头,蓦然回首,发现你的身边挨着一个白莲花般的女孩,你是不是马上柔软起来,甜蜜起来,心旷神怡起来?菩萨眷顾啊!这时候你就恨不得这六百路永远不要停了。车一摇,风一吹,她的几丝头发说不定就会拂到你的脸上,痒到你的心上……老兄,别美了,该下车啦!下车后,默默送一声祝福,然后相忘于江湖。

持反对意见的仁兄又要说了:哼,六百路开那么快,迟早要出事的。

嘻,冤枉。六百路是柴油机,马力大啊。在车多人多的长安路上耐着性子做蜗牛爬,若是一到长安县,路宽车少,少不了要放开了撒着欢地跑。这时候,六百路四米高的车身在狂奔中摇晃,呈玉山将倾的醉酒之姿,太正常不过了。若有安全顾虑,劝君大可不必。咱们几时见过六百路翻车?就安心地来体验一下速度与激情吧。

怎么可以忘记,坐在六百路的二楼,当车子一路狂飙的时候,那左摇右晃的感觉似乎真的飞机在跑道滑翔,就差来段空姐的播音了：飞机马上就要起飞了，请各位乘客系好您的安全带……花公交车钱如坐波音747，您肯定赚大发啦。

在西安，六百路作为一个传奇，呼啸而来，绝尘而去，留下一个潇洒的背影告诉你什么叫作王者霸气。

没错，六百路就是狂飙突进的六百路，可歌可泣的六百路，排山倒海的六百路，惊天地泣鬼神的六百路，集万千西安"冷娃"宠爱于一身的六百路……

六百路不只有豪迈的一面，它也婉约，它也暴戾，它也深情。坐六百路久了，我就觉出了，对我来说六百路其实是硬币的两面。一面是出门进城时候的六百路，一面是出城回家时候的六百路。

出门时候的六百路是我所喜的。

因为本人住在长安县，大学城中有家园。从我家出门坐六百路进城的话，因为起始站点的缘故，一般多半是有空座位可坐的，令人窃喜。

这时，我喜欢坐在双层车的顶层吹吹风，看风景。而且必坐前排，图个超大屏幕，视野开阔。"春风得意马蹄疾，一日看尽长安花。"奇了怪了，古人未坐六百路，为何提笔写此诗？

窗外有树叶子。悬铃木和国槐的树叶子会扫着二层的车窗。我会探出手去触摸，也摸得一指缝的清风。仿佛坐船时候伸手拂水，是一趣也。

有时候闭目养神,听一耳朵两耳朵周遭乘客的闲话,方言也罢,外语也好,亦是一趣。

六百路的售票员是一景。清一色的毛头小子、黄毛丫头,各人的相貌性格腔调做派各有不同,细细品咂,也是一趣也。

这时候的六百路如轻舟快马,车上的我是优哉游哉的。

想回家,要从喧闹的城中杀出血路撤退回南山下的长安县,坐六百路就难了。所以,回家时候的六百路是我所厌所惧的。

沙丁鱼罐头般,一车一车都是回家的人。而且有时候半天都不发来一辆。一次我看完电影等着坐六百路回家,等了半个小时都不见六百路的影子。百无聊赖的我在纬二街街边买了几张即刮型的彩票,想着中了五百万我就买直升机回家呀,结果一张都没有中,只能继续苦等六百路。这时候的六百路像无望的爱情,任你苦等就是不来不来偏不来,空叫人挂念且焦躁。

半天不来,有时候一来却是扎堆的好几辆——这是在拼火车的节奏吗?

我佛慈悲,六百路等来了,追上了。可是,你别开心过早。你会发现自己若是没有九牛二虎之力,就根本挤不上。像小寨、吴家坟、三森这些大站,把人挤成肉夹馍不是夸张。你只能眼睁睁地看着等来的六百路擦过你的鼻尖离你而去。这依旧如爱情啊,爱情降临了,却不是人人都可以把握得住的。

就算罗汉附体、力士投生,耗尽洪荒之力挤上去了,你又会发现，六百路其实不是爱情，是婚姻了，那张车票就是结婚证哦。上了车又怎么了，你以为终成正果了，你以为皆大欢喜了？一路的走走停停、磕磕绊绊、拥拥挤挤，恰如凡俗人生里的柴米油盐酱醋茶，是苦是甜只有自己知道了。窗外的风景永远是过眼云、水中月，车厢里的滋味才是碗里饭、身上衣。对了，套用郭德纲的一句话就是：上了六百路，你要有过日子的心。

还好，我经常上夜班，夜里十一点多才坐六百路打道回府，那时候车上的人所幸不多，等等终究有座。都是夜归人，都疲惫，车厢里静静的，半车的人闭目养神，面孔是模糊的。另一半人低头翻看手机，手机的亮光在幽暗的车厢里一朵一朵开放，像奇异的花朵。

夜里车少，只要一到路宽人少的长安县地界，六百路就加速加速加速，呼啸着狂奔于夜色之中。这时候，我就觉得自己也要随之飞起来，飞跃这平凡的生活，飞到一个新天新地里去……

几年下来，六百路成了我生活的一部分。没有六百路，很难想象我的生活是什么样子。六百路，是我的赤兔马，我的火焰驹——六百路的车身主色调是红色的。

有年大雪，六百路停运一日，我就被困在长安县了。在站台处等了很久，无果，临走时在路边的积雪处用伞尖写下了五个大字：我爱六百路。

六百路是西安的六百路。但是在我的心里，我觉得六百路就是我的六百路，对，蟠桃叔的六百路。

坐上六百路的时候，我是安心的，是知足的。人生如寄，处处为家。六百路真的仿佛是我在西安的第二个家了。

我的六百路会路过一个酒糟飘香的酒厂，会路过一座高高在上的电视塔，会路过几个等待拆迁的城中村，会路过一个叫小白兔的牙科医院，会路过一排一年四季结果的女贞树，会路过一家二十四小时营业的港式餐厅，会路过一个长长的大坡，会路过我的家，会路过你们的家……深夜十一点的六百路，还会路过一个忙碌的临时垃圾处理站。

我的六百路路过了我一生中最美的青春年华。

坐久了，六百路的三十八站我可以背下来，不信你听：师大新区、邮电新区、区政府、五〇四所、政法大学南校区、金堆城、太阳新城、绿园，再过五站就是金昆家居、三森、电视塔、吴家坟、政法、八里村、纬二街、小寨、长安立交、体育场、南稍门、南门外和南门里，过钟楼是北大街、北门、北关、北稍门、龙首村、方新村、公交六公司……

啊，突然发现，我要是去报考德云社，不会说"报菜名"的贯口，咱可以报六百路的站名。

因为热爱六百路，我用蟠桃叔的网名在网络论坛上写了几篇关于六百路的文字。网友给留了好多回复：

"六百路是公交中的战斗机，不，它就是西安的交通航母！"

"都没坐过六百路,你好意思说你来过西安?"

"柳巷面,别忘就大蒜。六百路,咱就没坐够。"

……

我这才发现,原来这西安有一大批六百路的拥趸。

还有人送了我一个双层车的模型。红色的,酷似六百路。其实是微缩的伦敦双层公交车模。我摆在书架上,权当它就是六百路。

西安当地的一家报纸,对,就是华商报,他们还派记者采访了我。写了一个版的稿子,标题是《蟠桃叔的生活从六百路起程》。

我给记者同志讲了很多我在六百路上的故事:

一次,是个晚上,两个人用粤语大声聊天。一车人听不懂,但都想听明白,于是一个个都安静下来,车厢里只剩下粤语在喋喋不休。粤语者最终意识过来,面面相觑,闭嘴了。车内顿时鸦雀无声。然后一车人不约而同笑出声来,将这六百路上少有的寂静打破。

一次,一母亲晕车,闭目颦眉。五六岁的女儿不发一语,用小手拍母亲的背,以示抚慰。感觉母亲应该是女儿,女儿应该是母亲。我看了小女孩一眼。小小的人一脸严肃,可以用"目光炯炯"来形容。这个小女孩是六百路上给我印象最深的人。我想,这个孩子长大了会是什么样呀?

在车上，我喜欢琢磨身边的陌生人。我想象着他们背后的故事。

六百路上遇到过贼。

在六百上还遇到了被邻座的女生主动搭讪。是大学城某高校的研究生。一路瞎聊，只记得她告诉我她的男朋友是个厨师。

六百路上有一个头发带卷的售票员。有一次，他走到我身边撕票，因为是第三站，车上人不多，我旁边座位是空的，他居然坐了下来，和我抽空聊了几分钟。他推荐我看韩剧《明成皇后》。他下车厢楼梯时，身子都到一层了，还不忘探出头到二层交代我：看第一部就行了，第二部不好看。

有一次，夏天，特别热，六百路的司机头顶有个小风扇呼呼呼。一个长头发的小伙子上车后给司机塞了一瓶冰镇的矿泉水。司机愣了一下，站起身要推辞。长头发小伙说，你喝，你喝，防暑降温。然后噔噔噔窜到二层去了。挺让人感动的一幕。

有一次，冬夜，我坐的六百路是末班车，下车的时候才发现车上只剩司机和售票员了，空荡荡的。下车后，街上也没有一个人影。我冒着寒风朝北走，我距我所住的小区还要步行半站路。六百路应该是继续往西走，但是因为收车的缘故，它也打了个方向朝北开去，和我同路了。然后，是售票员打开车窗朝我喊：去某某小区？上来，捎你。

谁坐过公交专车啊？我受宠若惊，赶紧朝打开的车门跑去。

上车后，我连声道谢。司机和售票员假装没有听见，目不斜视，装出一本正经的样子，好玩极了。

几分钟后，到小区门口了，六百路停了——我的"第二个家"把我送到家了。至今想起，还觉温暖。

在二〇〇九年的某一天。那个写《蟠桃叔的生活从六百路起程》的记者打电话告诉我，六百路双层车不久要彻底退出西安的公交线路了——双层要统统改成单层。

我一下子懵住了。

她要我写点文字，作为纪念。她说香港的启德机场关闭时，香港人突然发现叫了很多年的"启德"这名字多像身边一个温暖男子之名啊。已经融入百姓生活的双层六百路的突然退役势必会引起咱们西安人的集体不舍。

她还说，和羊肉泡馍、钟楼、秦腔是西安的旧符号一样，六百路和华商报以及黑撒乐队已经构筑了西安的新符号，所以我们应该为六百路做点什么，也是为西安……

我有些不信，因为在我看来，六百路是贯穿西安南北的大线路，乘客挤得抱团儿，双层车最好不过了。拆了楼房盖平房，下了骆驼跟驴跑，何必呢？

半信半疑了几天之后，尘埃落定了。六百路全线换车，双层车换成了单层空调车，线路号正式更变为 K600 路。线路不变。无人售票——那些年轻的可爱的售票员也消失了。

不是双层车，六百路还是六百路吗？当然了，以后就叫 K600 路，六百路真真就没有了。

哎呀，我当时还打算以后有媳妇了，要在双层的六百路上搞婚礼仪式呢。真的，对天发誓。

几年后，我结婚了，换了住所，上下班就换坐其他路线了。如果在街上遇到 K600 路就会怅然若失，无限感慨。

我曾经把两个水杯、一袋刚从超市买的水果，还有一顶帽子丢在了六百路上找不回来了。而六百路这个在我记忆里永不沉没的泰坦尼克号，它高大的影子也消失在呼啸而过的光阴里，找不回来了。

写于二〇一〇年春天

拍戏记

别看我现在是个宅男，但是十多年前，一是在小报当记者，二是住在鱼龙混杂的城中村，加上正年轻，精力旺盛，贪玩好耍，所以认识的人极多极杂。当官的，要饭的，剥葱的，捣蒜的，卖尼龙袜子的，烧炭的，啥人咱都认识几个。

当时有个能人伙计叫大金，有本事得很，早年搞文学，出诗集，省作协也妥妥地加入了，和作协主席贾平凹一起吃过饭，有照片为证。搞了几年文学越搞越穷、越搞越瘦，大金心里发了毛，就不敢胡搞了，开始好好挣钱。正经营生是批发零售重点中学的学位，还有副业，就是拍戏，《狼人虎剧》。

西安的朋友都知道，《狼人虎剧》是西安电视台十几年前的一个方言剧节目。那时候手机仅仅是电话，没有微信，更没有抖音和快手，人们还习惯看电视呢。《狼人虎剧》在当年，收视率很高。西安人那时候的快乐生活就是喝冰峰，咥羊肉泡，翻《华商报》俩腿一跷，看《狼人虎剧》往沙发上一靠。

《狼人虎剧》的片头是一个精瘦的老汉用坊上口音的西安话在那扯着嗓子吆喝：姑娘小伙儿要谝咧，《狼人虎剧》开演咧。

省台一看，有搞头，跟风，赶紧弄了个《都市碎戏》和《百家碎戏》，要分一杯羹。这就更热闹了。一下子忽悠得好多西安本土大大小小的影视公司一窝蜂涌上来都拍方言剧，拍好了往省台和市台送，竞争激烈，要排队哩。

大金其实连个影视公司的毛都没有一根，但他认识拍剧挣了钱的朋友，眼红了，所以精沟子撵狼，也想拍了片子挣俩钱。大金做事情的原则就是管它有枣没枣，先打几竿子再说。

有天晚上，我路过西影路，碰见大金带了三个女娃坐在马路边吃夜市，挂炉烤肉，喝的啤酒是金汉斯。大金招呼我去喝一杯。我一去，他就说他有事要外出十天半个月，想把拍戏的事托付给我，让我替他拍几部。

我问为啥找我。

大金给我满了杯，说：哥知道你有才华。正要寻你呢就碰上了，说明有缘。来来来，把酒喝了，反正你是跑不脱了。

嗨，我当时除过正常上班，还在利用业余时间写一部武侠小说，天上地下的，热闹极了，就在我们报纸上连载，近水楼台嘛。

当时我还年轻，天真地以为我写武侠小说能发家致富娶媳妇，心正热，满脑子的刀光剑影，就不乐意接大金这活儿。

我说：好老哥呢，这事咱没弄过啊。

大金：没吃过猪肉，还没见过猪跑？

大金开始给我上课了，说这事其实挺好弄的。他都打听明白了，倒腾个剧本，去婚庆公司雇个摄像师傅，再找劳务市场找两个能下苦的年轻伙子，一个打灯，一个举长杆的录音器，就可以满西安城折腾啦。演员嘛，好找，民间有那么多文艺积极分子挤破头要来演哩。实在不行都可以在街上随便抓人的。《狼人虎剧》嘛，就是这么生猛无比，生冷不忌。

他天花乱坠，我死活不从。大金干脆霸王硬上弓，粗暴得很。我实在脱不了身，就实话实说，告诉他我写武侠小说哩，没有时间。

大金哈哈大笑：好我的兄弟，你想接金庸的班呀？人家金庸年轻时候也当过记者。你可能不知道，金庸还拍过戏呢，《王老虎抢亲》。兄弟啊，你看你，报社当记者，还写过武侠，你就差这一样就和金庸一样了，你就不想努力一下？

我被这么一忽悠，就应承了。

大金一高兴，指着那三个女娃：缺女演员不？你随便挑。

那三个女娃倒也大方，放下烤肉签子，朝我龇着牙笑。这一笑，个个牙上都沾了辣子籽和孜然渣。于是我也笑了。

就这样，我拍起了《狼人虎剧》。

第一部戏，用大金的话说叫作"扶我上马再送我一程"。剧本大金都给我准备好了，不用我操心。大金还给我介绍了一个很有拍戏经验的摄像师傅，复姓呼延。当然，还给了一笔启动资金。如果没有记错，是三千元吧。

大金临走前，再三叮嘱：千千万万不敢超支，好赖就是这三千，要艰苦节约闹革命，剩下的就是你的工资，你要多挣，就要狠省。

我暗自嘀咕：你估计找错人了，败家子是咱的外号，胡花钱是咱的长项。

我先是在含光门里某个破旧的小区，找到了摄像师傅呼延。那是个小胖子，小我两岁，但是人很老练，抬头纹很深，可以夹住扑克牌。呼延是他的姓，名字叫啥我都忘记了。

呼延问我给他开多钱。

我也不知道应该开多钱。我就给他交了底，说我手里总共捏了三千。

呼延算了下账说，先把租机子的钱和后期制作的钱给他，这是官价，一千。剩下的两千拍完戏了，剩下的和我平分，他再挣上一份扛机子的辛苦钱。

我觉得很合理，就同意了，对呼延说：我是个小学生，啥都不懂，这部戏要多仰仗你哩。

呼延：拍戏碎碎个事，找我就对了。以后你就是主席，我就是总理，我好好辅佐你。

呼延的住所也是工作室，满地的方便面盒盒和火腿肠皮皮。一楼，见不到阳光，正好放片子不用拉窗帘了。他打开电脑，开始给我放碟片。我以为是日本小电影，结果是《狼人虎剧》。呼延放的是他参与拍摄的几部戏。呼延说里面的演员他都熟，让我随便挑。都是好演员，啥都能演，要价还低。

果然有看上的，里面有个光头老汉很放浪地在唱"他大舅他二舅都是他舅，高桌子低板凳都是木头……"

我由衷赞叹：这个老汉真带劲，不赖，不赖。可以请他来演个角色。

呼延已经看过剧本了，说：问题是，咱这个戏里没有老汉呀。

当时韩剧刚进中国，火得不行。大金走之前撂给我的那个剧本是个爱情剧，名字叫《抓不住的爱人》。是虎剧界一个编剧大神写的，据说就是借鉴韩剧的路数搞出来的。算是长安县斗门镇版的《蓝色生死恋》。里面真没有光头老汉，缺的是韩式欧巴。

呼延说他认识一个开出租车的，特别帅，就和韩剧里的"思密达"一样一样的。此人名叫周达仁，听起来就像是周大人。

我说那就让周大人来吧，呼延随后又胡乱推荐了几个其他的演员，我的心里多多少少就有底了。

到了周末，开机大吉，人员都到位了。周大人为了拍戏，出租车都不开啦。平心而论，如果不笑不说话，周大人确实算帅，毛发又浓又黑，还留了个大鬓角。自称有匈奴血统。但是一张嘴呢，就不行了。牙黄而稀。

黄就黄，稀就稀，不影响周末咱开机。

为啥是周末开机呢？

因为拍戏的人大多有主业，只有周末了才能脱身出来。为了节约成本，一个戏基本两天就要拍完。从早拍到晚上，主要演员两天只拿两百元。且只管中午一顿饭，通常都是羊肉泡馍，经济实惠，顶饱耐饥。当时的物价，一碗五块。大热的天，冰镇的冰峰和矿泉水倒是管饱的，一瓶接一瓶的，这个开销倒是个大项。

演员当然不是专业演员了，周大人是开出租车的，女一号是某商场的店员，女二号是幼师……不过我也不担心他们演得不好。大家爱看《狼人虎剧》其实就是喜欢看那种不专业的感觉，表演中的毛糙、尴尬、生硬有时候也是看点哩。反正陕西话听着就是嫽。

因为只有一个摄像机，一段戏要从不同角度去拍，以方便后期剪辑需要，所以一段戏要不厌其烦拍好几遍。演员辛苦，扛机子的呼延呼哧呼哧更是卖力，天热，一脊背一沟渠的水啊。

我说是导演，其实也不用多操心，呼延啥心都给我操了。给演员说戏，呼延说。联系场地，呼延联系。需要购买啥道具了，呼延从他家里拿，他家里没有他就找人借，实在不行了，他才让我花钱买。我买的时候，呼延又出来砍价。我当时有个腰包，拍戏的经费就放腰包里。后来，那个腰包就系到呼延腰上了。我是个乐当甩手掌柜的，混在剧组里，逮空就和几个女演员躲在阴凉里说说笑笑，好不快乐呀。

只是那个男一号周大人不省心。头一天，中午吃饭，吃泡馍，大家都好好吃饭呢，他哼哼唧唧地嫌没有凉菜，上了凉菜他嫌是素的，说要上一盘红油凉拌的猪耳朵才过瘾。

也不知道周大人是西安周边啥地方的口音，耳朵发"恶多"的音，难听得很。嘟嘟囔囔一直在那说"猪恶多、猪恶多"，还说：出门的人，要对自己好一些。剧组不掏钱，我自己掏钱，想吃啥吃啥。

呼延给我使眼色让我不理会他，别的人也不好接话。周大人自言自语蛮尴尬，脸红耳赤的，后来直接站起来吆喝：老板，上个凉拌猪恶多。

然后老板抄着菜刀就冲出来了。地球人都知道，泡馍馆全是清真馆子啊。

紧急时刻，呼延三百多斤肉赶紧冲上去把老板挡住：叔，叔，好我叔哩，咱不要和喔货计较，喔货就是个瓜怂嘛。

"喔货"是陕西话，就是那家伙的意思。

要不是呼延，周大人的"恶多"都被砍下来了。

到了下午，没有吃到猪恶多的周大人演了一半不好好演了，闹情绪，坐到马路牙子上大长腿一伸说他中暑了。我说我带藿香正气水着呢，他说他不喝。

街上拍戏，总有闲人围观。我听见有打酱油的路人在一旁煽风点火：看看看，演员撂挑子哩，要加工资哩。

我压住火气问周大人到底想干啥，他又开始嘟嘟囔囔，强烈要求加吻戏，不带借位的那种，要真情实感真表达。

我说，你和女一号沟通去。

我说气话呢，周大人还真去了。也不怕脸上挨一巴掌。

但是谁能想到，沟通的结果是，女一号居然同意了，也不嫌弃周大人的牙黄而稀。

当然了，女一号也有要求：吻戏只能拍着玩玩，不能播，怕她男朋友看到了卸他俩的腿。

嘻，我都晕了，这是一对思路清奇的活宝啊！

两天时间一晃而过。拍完后，做后期，呼延趴在电脑上熬了一个通宵，我在旁边盯着，房子里又增添了几个方便面盒盒和火腿肠皮皮。所有的成果最后凝聚在一个光盘上，除了字幕错别字较多外，也没有啥别的大问题。

我把成片连看了三四遍，觉得又烂又好看。当然了，还有些恶心。你想，剧本原本就很瓜皮，操着陕西话说着韩剧里的肉麻话，把人都能尴尬死。说真的，我以后要是真的遇到了那个编剧，我非要当面日撅他一顿不可。那编剧的名字我都牢牢地记住了，叫曹汾阳。

越看心里越是没底，我问呼延咋样。

呼延：好着哩，好着哩，成了！

成了就成了吧。呼延开始算账，说千省万省，到最后还剩八百。说好了平分的，我看他功劳实在太大，又让他多拿了一百，他五百，我三百。呼延说：哥，下部戏还找我。

接下来，就要给电视台去送盘了。当时西安电视台还在南稍门。

第一部送到电视台，马不停蹄，我又开始搞第二部。我吸取教训，这回干脆拍老汉戏，不敢用年轻小伙姑娘娃啦。这部戏是喜剧，叫《老爸成了彩票狂》，走的是香港电影《五福星》那种片子的路子，俚俗、市井、闹腾、夸张。让这几个老头耍怪，肯定热闹嘛。

剧本我写的，武侠小说都能写，这算啥，碎碎个事情。曹汾阳，去你的吧。

摄像我自然还是找的呼延。

主演早早就定下了，就是第一次在呼延处看片子，看上的那个光头老头，《狼人虎剧》的老演员老张。可以说，这部戏是为老张量身打造的。

老张是戏曲研究院的秦腔演员，退休前是唱大武生的，退休后就转战虎剧舞台啦。老张老当益壮,身手不错,在戏里演武侠迷这个角色,最合适不过了。

在最初的设计中,他在戏里动不动会一拍胸脯,来一句:"哼,我可是有功夫的,降龙十八掌可不是白练的。"说完这句台词,一脸倨傲,再摆一个黄飞鸿式的经典摊手动作。

结果老张主动要求加戏,说完台词后他可以来个鹞子翻身,这岂不是更有看头。

同志们,老张当年七十有一了。我又没给人家买保险,我不敢啊,骨盆摔坏了,这算谁的。但是老张坚持要翻,说可以立生死状的。于是,这部戏里,我们的老艺术家贡献了四处精彩的鹞子翻身,令人感动啊。

我又想起戏曲研究院隔壁的陕西京剧院有我认识的一个康老头,蔫怪蔫怪的,也是个嫽人。我喊老康来搭戏,一喊就来了。

演员靠谱,又有呼延压阵,我本人也因为上一部戏有一点点经验了,对于手头这部戏还是很有信心的。

在戏里,老张和老康是一对老友。可是谁也没想到啊,老张老康这两个人不知道为啥,就是尿不到一壶,你怼我,我咬你,极不配合。拍摄中还要压着火两头哄,这时候才觉得还不如拍爱情戏呢,亲嘴就亲嘴,多和谐的。

两天的拍摄总算熬到最后一出戏了,这出戏是,老康扮演的一根筋从银行取出自己的养老钱,准备全买了彩票。老张扮演的武侠迷知道劝不住老友，干脆蒙面化妆成歹人要抢走这笔钱。热闹戏。

拍摄时两个老头撕扯在一起，你抱我大腿，我扯你后襟，比画了几下后，擦枪走火，俩人假戏真做真打起来了。一对狠老头，两条泼胆汉。老康的长指甲没练过九阴白骨爪，老张的鹞子翻身此时也使不上，嘿嘿哈嘿，俩人使得都是民间最流行的王八拳。

我胆小，怕出了事，毕竟都是两位老人家了，谁伤了咱都负担不起，要喊停。呼延不听指挥，就是不停，一边抓特写一边喊"好好好，继续"。

这一仗打完了，老张的裤裆烂了，蹲下，往马路牙子上一坐，捂住。

老康额头破了皮，破相了，假牙也给打出来了。不过老康气势不倒，瘪着嘴，说着漏气的硬气话：秦腔武生，不过如此！

老张要老康赔裤子。我赶紧打圆场，递矿泉水，说裤子剧组赔。

接着拍。两个小时后，演一根筋儿子的演员，跑的时候摔了一跤，裤子蹭破个洞。小伙子赶紧冲我喊：导演，导演，你看我这裤子给报销不？

算工资的时候，我给破裤子的两位演员都补了二百。这一下给弄超支了。这部戏，我一分钱没挣到。但是总体来说，还是很满意的。哈哈哈，姑娘小伙儿耍谝咧，《狼人虎剧》开演咧。

拍完后，我上瘾了，雄心勃勃，还想拍第三部。毕竟咱也有经验了，也有新的想法了，我觉得我第三部会更好，说不定以后就要接张艺谋的班呀。

但是幕后老板大金却不让我拍了，我也不知为啥。你看日怪不？我开始不想搞，他霸王硬上弓。我的瘾上来了，他却要我熄火。你说让人恼火不？

后来才知道是呼延搞的鬼，他私下里找大金说那两部戏都是他一个人在使劲，他有多卖力，多辛苦云云。说我就是个打酱油的，啥忙都忙不上，还白领一份钱。还说他导演、摄像、后期完全可以一肩挑，又给大金报了一个超低的价，要把大金所有的戏全包了。大金多会算账的，当然愿意啊。

大金不给我机会了，说得还很好听：兄弟，哥不敢耽搁你，拍这烂屄《狼人虎剧》有啥前途？你好好写你的武侠，大有可为。哥没有完成的文学梦，就靠你了。

哪壶不开提哪壶。我的武侠小说连载那时候已经黄了。我们报社的社长和总编意见不统一，总编是支持我的小说连载的。社长说：屄！都啥时代了，谁还看武侠小说？总编胳膊拧不过社长大腿，连载说停就停，烂尾了。屄！

小说停了，戏停了，我不能接金庸的班，也不能接张艺谋的班了。我只能开始好好上班，一天背着包，包里一个相机、一个本子、一支笔、一瓶水，到处跑。

过了几个月，我几乎都要忘记《狼人虎剧》这档子事了。一天晚上，我在我租住的城中村里闲逛，准备去吃个啥零嘴去。走到一家面馆，无意中瞥了一眼，看见店里人不多，老板和伙计在看电视，电视正播着《狼人虎剧》，台词又土气又骚气。

女主（深情而悲怆地）：我走了，你要照顾好自己。不要熬夜，饭要吃饱，觉要睡好。对了，你的胃有毛病哩，油泼辣子不敢吃太多。你一定要答应我，成不？

男主（绝望而抓狂地）：不，安妮，你不要走。没有了你，我还吃啥辣子嘛，再香再辣的油泼辣子也没有味道了呀。因为我的舌头和灵魂都已经麻木。

哈哈哈，这不就是我拍的那部《抓不住的爱人》嘛。我在门口站着看了几眼，看着我们帅气的男主周大人牙黄而稀，说他不想吃油泼辣子了，说他的舌头和灵魂麻木了，我就忍不住想笑，还想到了"凉拌猪恶多"。

老板瞥见我正在探着头傻乐呢，扭头招呼我：进来看，进来看嘛。

我就进去了，还没坐下呢，就听老板在嘟囔：啥戏嘛，演了个辣子！

我顿时脸红像鸡冠，头低像弯镰，后悔进来了。

在陕西话里，如果要表达鄙视，就用"锤子"。例如，据传，某领导指导大作家陈忠实搞文学创作哩,陈忠实回曰:你懂个锤子!

如果鄙视程度低,就不用"锤子",用"辣子"。比如两个熟人一起去吃烤肉,一个要点纯瘦的,另一个就会说:你懂个辣子,纯瘦的柴得很,带点肥的才解馋哩。

这个老板用"辣子",而不是"锤子"来评价这个戏,让我这个导演多多少少还是有点欣慰的啊。原来以为特别烂,其实只是有些烂,哈哈哈,不错,不错。再说了,戏烂成这样子,全怪编剧嘛。

第二部戏,我的心血之作《老爸成了彩票狂》播的时候我没有看上,当时我在陕南出差,耽搁了,有点遗憾。但是我坚信那位兼职剧评人的面馆老板一定不会说这部戏"锤子"或"辣子",他一定会说:美得很,嫽得很,都好看成马咧!

过了一两年吧,有一次,我到东郊采访一个做棉絮画的老太太。棉絮画就是用棉絮做成各种图样的一种手工艺品,其做的小猫小狗最佳,因为棉花可以做出小猫小狗那种毛茸茸的质感。

到了老太太家,发现家里除了老太太还有其他人。老太太的老头和一个戴高度近视眼镜的中年男子,在客厅坐着嘀嘀咕咕谈事哩。老太太向我介绍说,这是俩拍《狼人虎剧》的戏疯子。

老头退休后没事干,把拍戏当正经事来弄,上心得很。据说电视台还搞过什么"《狼人虎剧》奥斯卡评选",老头还得过一个什么最佳男配角的奖。

老头把眼镜男叫导演，一口一个导演，着实亲热。我就不由想起了，我拍《狼人虎剧》的那段风云岁月，当年也有几个老汉几个年轻娃喊我导演来着。

这眼镜男薄唇瘦脸，目光迷离，神情拘谨，全然没有文艺工作者的自信洒脱，倒有些村里村气的。一说话，公鸭嗓子，陕普。出于礼貌，我问他：导演贵姓？

那时候还流行见面了递名片，眼镜男忙递过名片，我接过一看：曹汾阳。

名字旁边印着联系电话和他的艺术照头像。

我的脑子里突然冒出来了：天啊，曹汾阳，我拍的第一部《狼人虎剧》——《抓不住的爱人》就是他写的吧？没错，肯定就是这货了。

我的心里咯噔了一下，自行车掉链子啦。人生何处不相逢啊。西安真的太小了。当然了，我不可能当面日撅人家的。我也不可能暴露自己曾经也是搞过《狼人虎剧》的。我心怀鬼胎地对其笑了笑。

眼镜男曹汾阳也对我笑哩：杨记者，有机会咱们另约时间坐坐哦。

我低下头猛点。我把那名片翻过来一看，背面密密麻麻，分行印着：

"影视全才，能编能导能演，提供各类优质剧本，接拍《狼人虎剧》以及各类广告宣传片。

"心理咨询，解决您的情感困惑。

"承接婚礼策划，完美诠释浪漫。

"专业代写离婚协议等法律文书。

"宝宝起名，企业起名，宠物起名。

"兼职中小学课程以及硬笔书法一对一辅导……"

诸如此罗列了一河滩。这是要穷疯了的节奏吗？

我心想，乖乖，看来《狼人虎剧》已经养活不了这些戏疯子了。果然，没多久，《狼人虎剧》就彻底落幕了。说给现在这些看抖音看快手的年轻人，他们哪里知道？

前段时间路过京剧院，去找老康，才知道老康已经去世了。不胜唏嘘。都不敢去隔壁的戏曲研究院找老张了。然而脑子里最近老是闪过当年拍戏的那些场景，还有那句"姑娘小伙儿耍谝咧，《狼人虎剧》开演咧"。

那真是个很热的夏天啊。

写于二〇二〇年十二月

豆腐脑

西安朝西北方向走，有个乾县。乾县埋着武则天。另有乾县四宝：酸汤挂面筷子挑，馇酥、锅盔、豆腐脑。我爱吃乾县豆腐脑。

二〇〇四年，我入职西安的 B 报社，做记者。报社附近有个郝家巷，巷子口就有一个乾县豆腐脑的小店。在这里，我吃过了天下最好吃的乾县豆腐脑。

那是个无名小店，连个招牌都没有。其实也用不着什么招牌啊。临街摆着盛豆腐脑的大缸，旁边是成摞的粗陶碗和装着各色作料的瓶瓶罐罐，加上豆腐脑的豆香气飘出来，这就够勾人了。

店小得不成样子，逼仄到桌子都是定制的细长条案，再摆几个小马扎，遇到有空位你就赶紧坐吧。典型的小店小吃，苍蝇馆子，而且仅卖早点，早上十点多就关门了。

卖豆腐脑的是个驼背老汉，姓李。江湖人称"驼背李"。李老汉外冷内热，典型的老陕性格。明明是个打铁的人，却偏偏是个卖豆腐脑的。

螺壳大的小店里，李老汉弯着腰忙忙碌碌，装碗、放作料，忙而不乱，一气呵成。如果见你面生，他会问你一句"辣子轻重"，乾县口音保证了他的豆腐脑是地道正宗的乾县味儿。此外，无一句闲言。

因为老是弯着腰忙活，不留心你也瞧不出来他驼背。也许他驼背正是因为老是弯着腰忙活。这也无从考证了。

打下手的是他老婆。收钱、收碗、抹桌子。

刚来报社上班那会儿，我还年轻，牛仔裤，长头发，背个相机，精神啊。一大早就会扑到郝家巷吃两碗老李的豆腐脑去，风雨无阻，哪怕天上下刀子。

一进巷子，就热闹了，那是个城中村，人多且杂，有十几个早点摊子堵路，生意兴隆。有卖豆沫的，配上油锅炸油馍头。有卖菜盒的，分韭菜馅和菠菜馅。有卖豆浆油条的，也炸麻团和糖糕。有卖甑糕的。有卖逍遥镇胡辣汤的。有卖牛肉饼的。有卖油茶麻花的。有卖凤翔豆花泡馍的……

皆不顾，径直进了李老汉的小店。店门口立有一棵老槐树，进门须侧身。因为这小店是违章搭建的啊。

坐定了，李老汉眼皮一掀，瞧我一眼。熟客，知道我的口轻口重，不用问，就去忙活了。先是一揭缸，白的热气腾起来，氤氲中可见羊脂白玉般的豆腐脑。舀豆腐脑的时候就可以看出这豆腐脑的好来。它凝而不散、翻而不碎，用铜勺轻舀到碗中，如双褶，亦不断。

豆腐脑入碗，颤颤巍巍如贵妃乳。李老汉趁着热气倒进一勺熬煮好的调和水，勺子尖儿轻轻挑进盐、五香醋、油泼辣子、蒜水，再点几滴香油。这就齐活了。

端上来，不锈钢勺子一划拉，开吃。

第一口，味蕾就被激活了。酸辣鲜香里凝结着浓郁的豆香，在口腔里打着滚就进肚了。迅速进食，美味加速释放，像蒸汽火车，轰鸣进站，坚定、有序、霸气、超然。

我照例会连吃两碗，第一碗刚吃完，李老汉不动声色地把第二碗就递过来了，衔接得滴水不漏。

陕西有句俗语："八戒卖豆腐脑哩，你是凭调和呀还是凭模样呀？"比如说，愣小子铁蛋想做生意，跑去找他舅舅借个本钱。他舅舅非但不借，还奚落他，就会来这么一句。

没错，卖豆腐脑，想要生意好，要么你长得好，是个豆腐西施，人家带着眼睛来吃你的豆腐；要么你有好调和，人家带着舌头来吃。

陕西话里调和指的就是调料。乾县豆腐脑好吃不好吃，调和很关键。做豆腐脑其实不难，"微火熬浆，急火点卤"，八个字的诀窍。只要豆子好，水好，磨出浆水来家家都差不了多少。高下之分就见于各家的调和了。那都是有秘方的。据说有的店家邪性，使罂粟壳提香。

李老汉家的乾县豆腐脑为什么好吃呢？以我所见，就是李老汉家的调和好啊，那一勺打底的调和水都是用大料、茴香和桂皮下了功夫慢慢熬出来的。

醋是熬出了香味的熟醋。不是刺激人的傻酸，是一种很柔和的香酸。

油泼辣子要干面辣子，越细越好。辣面用菜油浇开泼稀，香。浇到豆腐脑上，红是晚霞洒满赤玫瑰，白是月光照上素蔷薇。

李老汉的豆腐脑好吃，人也实在。他家的豆腐脑当年一碗才一块五，后来物价飞涨，才渐渐涨到两块，两块五，还是比其他摊子的豆腐脑便宜一块或者五毛的。

吃第二碗，李老汉只收你半价。弄得我都有些不好意思多吃一碗了。所以每次我都坚持付原价。这不是耍阔，这是做事凭良心啊。这么好的豆腐脑给多少钱咱都占便宜啊。

不是我一个人夸赞李老汉的乾县豆腐脑好，在我们同事中，李老汉的乾县豆腐脑也是极有口碑的。像我们摄影部的美女胡铁蛋和大神老吟就是李老汉家的常客，还有夜班编辑朱老师加班熬夜后必先跑去吸溜两碗才能安心去补觉。

有个姓张的同事，有一半的蒙古族血统，体壮如牛，胃口极佳，他也是个李老汉乾县豆腐脑的爱好者。他去吃，六碗起步，最高纪录十碗。从此得一外号，张十碗。

我没有大肚子，吃不了这么多，但是咱贵在有恒啊。有人说过，一个人做点好事并不难，难的是一辈子做好事，不做坏事……艰苦奋斗几十年如一日，这才是最难最难的！

套用名言，我想自豪地说："一个人一次多吃点豆腐脑不难，难的是天天去吃豆腐脑，不吃别的。狼吞虎咽几十年如一日，这才是最难最难的呵！"

李老汉，你欠我一个最佳顾客奖哦。

没错，那几年我是天天早上去李老汉的店里吃豆腐脑，后来带实习生了，就带实习生去。我那时候穷，只能请他们吃这个。当然，现在也不富裕。

我天天早上去李老汉的小店签到，但是有时候去了也会扑空。春种秋收的时候，李老汉要回乾县老家忙活，他还在老家种着豆子和麦子呢。人一走，小店就要关门歇业几天了。看到紧闭的店门，令人怅然若失。

李老汉不在，巷子里另一家卖豆腐脑的摊子就得了意了，生意明显红火起来，丢了一地擦嘴粘了红油的餐巾纸都会比平日多一层。真有"山中无老虎，猴子做大王"之感。有一次，我存了"没了牡丹看芍药"的心思就在这家吃了，吃第一口我就后悔了。

哼，这也能叫豆腐脑！

嗨，这就好比看过了金庸小说，再看其他人的武侠小说，真真看不下去。

李老汉啊李老汉，我要"谴责"你。你把我的嘴惯坏了，惯刁钻了。

你可能会问，每天早上去吃李老汉的乾县豆腐脑，不腻吗？我一细想，原因有三。

一是李老汉家的豆腐脑确实好吃，吃上瘾了，不去吃，真觉得这天不完整，少了些啥。我这个人执着，认定了就不改换了。

二是我这人有选择困难症，与其脑袋里油茶麻花小人、豆浆油条小人、麻辣米线小人……百来个小人打架，不如从一而终，避免纷争。

三是要是自己某天没去，我怕老人家心里犯嘀咕：啊，那个帅得无法无天的小哥怎么没有来？他可是我的知音啊。哎呀呀，他不来，正是鲜花无人采，琵琶断弦无人弹，我这锅豆腐脑还有什么滋味！我不如干脆把它倒了吧。

天天去吃，最后弄得众人皆知。早上遇到同事打招呼，对别人都说"早上好啊"，对我就成了"吃豆腐脑了吗"。

最爱问我这个的是李铁熊。他是美编，当时，每周星期二，他负责我的版面。我们有时一整天厮混在一起，少不了一起胡诌。

李铁熊告诉我，乾县因为乾陵而得名。当地的小吃也多和唐代时候修筑乾陵有关。

例如，乾县锅盔的来历是：修筑乾陵时，工程紧，士卒多，吃饭难，有人干脆用头盔做锅烙饼，从此就有了乾县锅盔。

豆腐脑呢，传说修筑乾陵时有人不慎将砌墙用的石膏掉入豆浆大锅中，豆浆凝结，酷似脑髓。有胆大的一尝，很是好吃，从此就有了乾县豆腐脑。

李铁熊懂得多啊，是个人才，可惜在报社待了三年后和媳妇一起去了北京。非常怀念和他一起吹牛的日子。

李铁熊走得对，有先见之明。他一走，我们报社就渐渐不景气了。也不是我们领导无能、员工草包，乃是大势所趋啊。新媒体兴起，传统媒体的日子都不好过了。

把京剧《四郎探母》里的"杨延辉坐宫院自思自叹，想起了当年事好不惨然"里的词改一改，苦中作乐：

蟠桃叔坐庭院自思自叹，
想起了当年事好不惨然；
我好比笼中鸟有翅难展，
我好比浅水龙困在沙滩。
这此遭有奸人放过暗箭，
这此遭有小人拉过驴脸。

> 一桩桩一件件总要清算，
> 我心高气傲也得咬紧牙关。
> 将此身寄在了一家报馆，
> 卖文字消磨了男儿肝胆。
> 那豆腐脑我就端上一碗，
> 天王老子来了我也不管。
> 哪一日我遇春风愁眉得展，
> 哪一天我登高楼放歌震天。
> 哪一日我与佳人配得良缘，
> 哪一日建罢奇功我就归山……

报社里人心惶惶的，有人就跳槽走了。也有喊我一起走的。我没有走。留恋什么？说不清楚。也许因为报社附近起码还能吃到李老汉的乾县豆腐脑吧。

可是，有一天，郝家巷拆迁改造，推土机一开进来，那些早点摊子就散了，李老汉的小店就没有了。

我不知道李老汉去哪里了。回乾县老家养老去了？换到西安某个小巷子继续营业去了？不知道。本来还以为这碗豆腐脑能吃得天长地久呢。本来还想着，以后老了，没牙了，咱还有这碗豆腐脑呢。

我天真了。大清朝几百年的江山说没就没了，何况这大时代里的一个小小苍蝇馆子。

日子还得继续啊。早饭该吃还得吃。然后就是寻寻觅觅得试吃，最终代替李老汉的乾县豆腐脑的是伊新楼的肉丸胡辣汤。

对于伊新楼的肉丸胡辣汤，我依旧痴情和执着，天天去吃，日日不厌。对，我摇身一变，改头换面，又成了伊新楼肉丸胡辣汤的死忠。

其实，我的心里一直惦记着李老汉的乾县豆腐脑。我甚至多次动过去乾县吃一碗正宗的乾县豆腐脑的念头。再和身在北京的李铁熊网络聊天时也多次提到李老汉和李老汉的乾县豆腐脑。我说去乾县呀，我去乾县呀。李铁熊说，去吧，去吧。

但是，终未成行。乾县的乾县豆腐脑未必有李老汉的乾县豆腐脑好吃啊。您瞧，就是这么不讲理，因为内心已经认定了李老汉的乾县豆腐脑才是乾县豆腐脑的正宗。

有段时间，晚饭后我会带着老婆、闺女在小区附近散散步。走到吉祥商业街发现此处有七八家小吃摊聚集起来的夜市，其中居然就有个乾县豆腐脑的摊子，兼卖八宝辣子夹馍。尽管刚吃过晚饭，还是迫不及待地上去尝了一碗。

可惜，不是李老汉豆腐脑的那个味。这多多少少也在意料之中。

心里想起李白的诗：停杯投箸不能食，拔剑四顾心茫然。

后来我又发现，发现我家附近卖乾县豆腐脑的小摊还不少。

石油大学北院大门口有一家，烈士陵园小广场上也有一家……

反正打着乾县豆腐脑牌子的，我都去尝，有点魔障了。我老婆笑话我，说我瓜，说我痴。

永远找不回李老汉豆腐脑的那个味。继续四顾心茫然。

难道，李老汉的乾县豆腐脑和《广陵散》一样成了绝响了？

一晃，十年过去了。翩翩少年成了油腻大叔。一天一碗肉丸胡辣汤搞大了我的肚子，能不油腻？没有了长发飘飘，手里盘起了手串，水杯里也多了几颗枸杞。

本来以为永远吃不到李老汉的乾县豆腐脑了，可是今年过完春节收假后的某一天，有同事告诉我李老汉重出江湖，又杀回郝家巷了。这消息让人猝不及防地欢快起来。

这个同事不是别人，就是吃豆腐脑的好汉，张十碗。他告诉我，他已经吃过了，有点沾沾自喜地炫耀。

我岂能居后。当时是早上十点多吧，本来已经吃过早饭了，还是急匆匆往郝家巷赶。掐指一算，我已经有好多年没有去郝家巷了。

一到郝家巷口，就见高楼新修，槐树依旧，果然看到了驼背的李老汉和他老婆守着一个三轮车上的豆腐脑摊子，旁边摆着一张折叠桌子并几把塑料椅子。桌子是空的，没人来吃。一是因为过了饭点，二是因为周遭就孤零零他一家摊子，此处未有人气。

李老汉的驼背还是那么弯，相貌上却并没有多大变化。就像是回家春种秋收了一趟才回来,可是,小店没了。

亏他还认得我,对我笑。我问他以后做何打算,是不是重新找个店。

李老汉叹口气。他老婆就说城中村拆得差不多了,租店面如今也租不起了,死贵死贵的。卖豆腐脑是微利,一碗一碗挣个功夫钱,是打死都卖不出房租钱的。如今胳膊腿还能动,就推着车子卖几年吧。等实在老得动不了……

嫌老婆啰唆了,李老汉岔开话茬,问我结婚了没。我说,孩子已经五岁了。他一边说着"好好好"一边舀豆腐脑。舀得太满了,碗里咕嘟出了个尖尖。

虽然是初春,大街上还是冷啊,大槐树的枯叶子直往碗里掉。哆哆嗦嗦吃完了要付钱了,发现李老汉与时俱进,车子上挂了一个扫微信的牌子。

我掏手机,李老汉和他老婆死活不让我扫,说了"都是熟人"之类的客气话。推让了几个回合,我才扫了。我偷偷给李老汉发了个大红包。

回到办公室,张十碗问我:去吃啦?

我:吃啦。

张十碗:感觉咋样?

我:有点咸。唉,也不是咸吧,我也说不清啥原因。感觉没有原来好吃了。

豆腐脑

张十碗：其实我也觉得。

我：或许他家的味道没有变，是咱们变了。

张十碗：或许吧。

说完，张十碗慌慌张张就往出跑。他忙啊，接了个私活，去小雁塔给一个汉服社的古装妹子拍照片去了。一个小时一百元，比上班强。不然饭量那么大，工资哪够啊。

第二天早上，我到了报社，然后犹豫，早点吃什么呢？李老汉的乾县豆腐脑呢还是伊新楼的肉丸胡辣汤？

心里两个小人儿打架。后来，我怀着负疚感，臊眉耷眼地进了伊新楼。伊新楼里窗明几净，暖暖和和的。

B报社我一待就是十六年，直到二〇二〇年的"六一"儿童节辞职。《神雕侠侣》里面，杨过等小龙女就等了十六年。十六年的光阴呀，等到青春终于也现了白发。

十六年回忆起来，也就是吃了几碗豆腐脑、几碗胡辣汤。

写于二〇一九年五月

好朋友

　　小学四年级的时候，班主任牛某某是个二尿货，刚从师范毕业的毛头小伙子。我和邻桌的李小龙上课时交头接耳说悄悄话，让牛某某逮住了。揪出座位，拉上讲台，实施体罚，让我俩互相抽耳光。我犹豫着，迟迟不愿下手呢，李小龙的巴掌却冷不防抽过来了。我来不及躲闪。啊，像春风拂面而过，暖暖的，柔柔的，一点都不疼。

　　有个叫张勇的同学，放学下学我们常一起走，打打闹闹很欢乐。有次放学路上因屁大的琐事伤了和气，分道扬镳，负气而去，彼此还撂下了"再和你说话我就是猪"的狠话。第二天上学路上，我们狭路相逢了。一大早，我还迷迷糊糊着呢，完全忘记昨天吵嘴的事了，像往常一样大声嚷嚷着他的名字朝他跑去。他愣了一下，然后也跑过来了。

上大学那会儿,我在西北大学,老樊在医学院。几乎每周我们都会相见。我去找他,或者他去找我。那时候手机还叫"大哥大",没有普及。我们经常会访而不遇,扑个空。有一次,我去找老樊。他不在。问他宿舍的同学,也说不知道。我不死心,在校园一棵皂角树下的石凳子上坐着等老樊,从上午十一点等到了晚上九点,树影移动,终于没有等到老樊。那天有个重大发现:医学院的美女没有西大的多。

上大学那会儿,初中同学王瘦子跑来看我。正好饭点,我带王瘦子去学校食堂吃饭,还叫了一个形象好气质佳的女同学作陪。去清真食堂点了个大盘鸡,点了几个凉菜,又加了几份面,最后喝汽水灌了肠子缝缝。吃完了,我看王瘦子打饱嗝了,就准备起身离席。结果他跟我要饭卡,说他还没有吃饱哩。我给了他饭卡,让他想吃啥点啥。王瘦子跑到一个窗口去要孜然炒肉夹馍。女同学很鄙视地偷偷对我说这个王瘦子有点"丧眼",一点都不知道客气。我后来再有接待工作,就不带这个形象好气质佳的女同学了。

有一个中学同学,名叫张大器。到西安后,我们一起在城中村租房子住过,五年之久。虽然张大器现在是个有头有脸的知识分子,但是一点不妨碍我在文章里添油加醋地爆料他年轻时候泡妞的艳史。人家媳妇都很不满意了。写别人我还有所顾及,会做点技术处理,张大器嘛,写了也就写了。我一点都不担心他会去法院起诉我。

戴某人是我一个小兄弟。认识之初，戴某某一口一个"杨哥"，亲亲热热叫了好几年，发现什么好馆子也记得叫杨哥一起去尝尝。后来也许是太熟了，哥也不叫了。有一次不知道说起什么事情，他说了"这就不是你们这种老人家可以理解的啦"之类的话。此后"老人家"的话又从他嘴里吐出了好几次，我就渐渐不舒服起来，心想"谁没年轻过，量你也会老"，后来慢慢就不再联系。我们最后一次见面是在省人民医院。他陪媳妇做产检。我们寒暄了几句就散了。

还有老袁，虽然同在一座城市，却好久都不走动了。算了一下，至少有五六年了吧。其间，我还主动打电话问候过两三次，说有空了约，然而并未得见。我疑心我做错了什么。我还记得我们曾经夏夜在莲湖公园聊着天喂着蚊子，不觉已是半夜，被民警查了身份证。

方某人是我的老乡。此人是"酒后行为"艺术家，是"抬杠综合征"晚期患者。就是这么讨厌一个人。我还时不时会约他吃个淳化饸饹。对了，他吃饭还吧唧嘴，吃完用筷子剔牙。

苏州的老杨说他到西安出差来了。我很激动，心想可以一起吃羊肉泡馍了。激动了没有半个小时，他坦白了，是骗人的。他是大酒店的副总，忙得像个鬼，哪里走得脱。过了一段时间，他又说他到西安了。我又激动。狼来了，狼来了，喊了好多年了。

他每次骗我，我居然都会很激动。哦，对了，他女儿的名字是我俩一起商量着起的。我女儿叫杨之了，他女儿叫杨慕之。

有段时间我住大学城，小区附近有个茶叶店。那时候没有结婚，确实很闲，常去蹭茶喝，谈天说地。去了几次，又不怎么消费，我毕竟是个要脸的人，都不好意思去了，老板却打电话喊我。我再去，老板指着墙上挂着的杯架，说最上面格子里面那个青花的斗笠杯是我专用的。

老秦说他有三大爱好。一是喜欢夜跑，一是喜欢制作盆景，一是喜欢看蟠桃叔的文章。没有胡说。我的文章，老秦统统在朋友圈转发。恨不得地球人都来看。多年来，一篇都不曾遗漏。

书法班的三老师浓眉大眼，一笔好字。我闺女在三老师手底下学了一个暑假。后来孩子不学了，我却和三老师常相约去吃肉丸胡辣汤，呼噜呼噜吃完了，不走，坐到那谝一会儿才散。端午节的时候三老师打电话给我，说要来给我送粽子，他们陕北老家的黄米粽子。我以家里粽子实在太多了为由婉拒之。这是事实，我姑每年端午前都会送一大袋子她包的红枣粽子，已成传统。我姑的粽子极大，吃一个可以饱一天，冻在冰箱可以吃小半年。拒绝三老师后，我好几天心里都不得劲。

想当年，朱小小和我去吃羊肉泡馍，会主动帮我掰馍。这是一位杰出的女性。

二十年前，大师兄和我原来在一个单位，但是我们基本不说话,后来他跳槽而去,去了就去了吧。有一回我去陕西人民出版社找屈老师聊天,恰好大师兄也来了,来给屈老师送结婚请柬。我俩彼此点了下头,都懒得正眼看对方。打死都想不到,后来我们成了写作道路上的同路人。他扛着棍子,我拖着钉耙,一起取经去。

一句话,幸有诸君慰平生。

写于二〇二二年七月

耍
水
去

　　在老家淳化，曾经有一条冶峪河穿县城而过。淳化娃常到河滩玩耍，捡石头，摸螃蟹，看蜻蜓的翅膀染上晚霞。放暑假前，老师都少不得要提醒学生娃们，好好写暑假作业，不要做危险的事，比如下河耍水。那时候没有游泳这个概念，就叫耍水。

　　我们县上确实有耍水淹死的娃哩，倒不是老师吓唬人。有一年，一群初中生瞒着大人去耍水，其中一个的裤头穿久了，松紧带只松不紧，这就坏了事，不知不觉中裤头给游丢了。丢了裤头的这个学生也发育了，知道要脸，死活不愿光屁股上岸，就一直在水里泡着不出来，水里乱摸，寻他的裤头哩。天暗下来了，伙伴要回，他不回。等他家里人打着手电寻来，就是个断人肠的结果了。应该是太阳下去后河水凉了，这学生泡久后腿抽筋，出了事。这娃他爸是南方人，拖家带口来淳化开裁缝店，出了这事，店也不要，走了。那一年，县上还有一个失恋的女人在黑松林水库投水自尽的。唉。

我胆小惜命，真的就没有下河耍水过。最多鞋一脱，坐到石头上，把脚伸到河水里，凉一下脚心。河边的淤泥里有水芹菜，有泥鳅。

十八岁，瘦高瘦高的，顶了一头的热汗到省城西安上学。学校有游泳池，就在操场边上，好多男同学女同学都穿了泳衣去耍水，耍出来一脸的满足，湿漉漉的头发上有亮闪闪的水珠，闪耀的都是青春之光。同宿舍的老唐看了眼红，喊我陪他去游泳。

老唐这人也怪，去食堂吃饭要人陪，说一个人吃饭不香。上个厕所也要找个人陪他。难道有人陪他，拉屎也就香了？

我告诉老唐，我不去。我是个旱鸭子，不会游。其实我是太封建太保守，男男女女光溜溜的在一个池子里，多害臊的呀，眼睛都没有地方搁。再说了，我还害怕裤头给游丢了。

老唐说：不去不行，不要拧跶，不会游你学嘛，学不会你就看我游。硬把我拉去了。去了才知道，老唐还约了一个我不认识的女同学。白白胖胖的，穿了泳装，露胳膊露腿，白与胖，更一目了然了。

谁也没有想到，我们三个还没有下水哩，那个女同学就啪嚓一下摔了，地上有瓷片的缝隙还是别的啥，这女同学白花花的大腿上被划开一道大口子，伤口都翻开了，血流不止。我吓得腿都软了，估计是晕血。我们赶紧带她去处理伤口，那天就没有游成，白买了一个游泳专用的裤头。回去还做了噩梦。

此后进了社会了，一天忙忙碌碌的，也想不起来耍水了，那个一次没有用的游泳裤也不知道放到啥地方，寻不着了。

结婚后，有了娃，倒是经常陪娃下水。做陪游。

娃戴个小救生圈，我戴个大救生圈，我们在水里泡着，享受清凉，就像一只大河马带着一只小河马。娃学啥都快，也是继承了她妈的运动细胞，很快就不要救生圈也能劈波斩浪，小河马变小海豚了。我还是戴个大救生圈，一摊子肥肉泡在水里。

游泳，我没学会，其实我是不想学。我想学的东西很多，我不想学的东西也很多。比如游泳，我就不想学。

有人经常要指导我的人生，要我学这个，要我学那个，会苦口婆心对我说：老杨啊，你这样下去可不行，要被社会淘汰的。你不会啥啥啥，你就永远体会不到啥啥啥的乐趣。

哦，这话也对哦，我不吃屎，我一辈子都体会不到吃屎的乐趣。

这个"人生导师"还喜欢辅导小娃写大字，他偷偷藏在小娃背后，猛地蹿出来抽娃的笔。笔被抽走了，娃抹了一手的墨汁，他就得了意，说娃捏笔无力，写出来的字也没有筋骨。害得娃哇哇地哭。出去吃饭，看见外地人吃羊肉泡馍，他又去教人家掰馍，说一定要掰成苍蝇头大才好。泡馍煮好，端上来了，他又指导人家咋吃，不要搅，顺着碗边一点一点刨着吃，蚕食。外地人吓得撂下筷子不敢来西安了。又有一次发现一个人竟然没有把秋裤捅到袜子里面，人生导师实在看不下去，又去劝。结果这回碰到一个硬茬，嫌他多事，就把这个人生导师活生生地给打死了。唉，我这篇文章已经死了三人了。好悲伤呀。

　　人生导师一死，没人劝我，我更放任自流了。一进泳池，只是泡着。我觉得，耍水嘛，不要有啥条条框框，得到耍水之趣就好了。有人觉得游泳好玩，那就去游。毛主席七十二了还畅游长江哩。有人觉得在水里泡着就很好，那就水里泡着，假装自己是一朵睡莲吧。

　　水里泡着，身心是愉悦和放松的。媳妇带娃去深水区了，我一个人在浅水区的边上泡着，似睡非睡，可以静静想一些事情。我会想起故乡的冶峪河。如今它已经干涸。泥鳅呀，水芹菜呀，都不复存在了。或者什么都不想，看天，看晚霞起，看飞机一架一架从霞光里穿过去。

　　水里，我自有我的游戏。会偷偷在泳池玩个"排山倒海"。这排山倒海，又叫水中太极，就是用掌力去推泳池深处的水，感受那种阻力的时候会有一种修炼的感觉。反正我觉得练好了比《葵花宝典》厉害。我觉得练下去总有一天我能推出滔天巨浪，把人间九州都淹了，再来一回大禹治水，世界秩序从头开始，那时候没有手机了，人人都种地去，那才好呢。

耍水去

还有好玩的是"蛤蟆吐水"。两手做团，掬水其中，于一处挤出，水柱如箭，可射人为乐。当然，仅限于射杨之了。自己的娃，不会跟你恼，还对你笑，笑成一朵花。

去海边，踩踩浪花对于我们这生活在内陆的一家人来说也是好的。

下雨天不打伞去水洼踩水也是好的。

雨后的玻璃上，蘸着水写字，也好。

我们所在的西安石油大学也是有游泳池的。老旧归老旧，水是清的，周遭都是熟脸，张老师来了，王老师来了，大家一团和气，噼里啪啦入水如煮饺子，这就让人觉得又舒服又安心了。

学校的泳池在疫情三年里关闭。今年夏天，不知何缘故，还是关着。

昨天晚上端了盆水泡脚，不知道怎么就想起往年的夏天泡在露天池子里看飞机穿过晚霞的情景，恍若隔世。

原来学校泳池售票处还兼卖烤肠，夜深了买一根，带着孩子，顶着星星，湿漉漉地回家。多好的光景啊。

写于二〇二三年八月

旧梦影

在老家淳化上小学五六年级或者上初一，反正大约就是这个时间段，有天上自习，一个男同学从书包掏出了一顶金字塔样式的塑料帽子戴在头上。我们都惊呆了。这是要加冕登基吗？老师都跑来问他是不是在耍怪。

这个男同学一本正经地介绍说，这是家里人去广东出差，给他买的最新高科技产品，按照金字塔的比例做的"能量聚集帽"，戴了增加记忆力呢，是学生娃提高成绩的神器。

淳化的老师多朴实啊，听了很服气地点点头，说那就戴着试试吧，效果好了，咱们班每个同学都戴一个。人多了，团购，说不定还能给咱优惠价。

当时正赶上"气功热"。新闻报道里，北京妙峰山一群人头顶铝锅，盘腿坐在地上，和大师一起接受宇宙信息。

我那个同学呢,戴了几天金字塔的尖尖帽子就不戴了。娃大了,知道臊了,嫌同学笑话他,给他起外号哩。

中学时候,放学路上,路灯下我们的影子长了短了。有个女生路过我身边,踩了一下我的影子,咯咯笑着跑了。哎哟,把我的心都踩疼了。

我有一个好朋友叫老樊,上知天文,下知地理,我将其称为"我的《读者文摘》",和他聊天太长知识了,我就离不得此人。

高中时候,老樊转学去了三原县。不久,我又交了一个朋友,比我低一级。此人算是老樊的翻版,同样文质彬彬,同样喜欢阅读,一肚子杂学,是聊天的好对象。

很不好意思,我已经忘记他的名字,长相也混混沌沌记不清楚了,只是记得曾经有这么一个淳化少年。放学的时候,我们边走边聊,一直走到县剧团,然后挥手作别。他的父亲是剧团的秦腔演员。我问过是什么行当,他回答说是须生。

我们后来就没有联系了。我回忆不起来,我们当时在一起时都聊过什么,我唯一能记住的就是,我问他父亲是什么行当,他回答说是须生。

大学期间,认识一个宁夏回族自治区的女生。大约是回族,记不清了。白皙,大眼睛,嘴唇有点起皮,看上去是个腼腆人。

一群五湖四海的年轻人聚餐,大家依次出节目。或唱歌或说笑话。轮到她了,她扑闪着眼睫毛,说要不她学个羊叫吧。我们都静下来。然后她就咩咩叫了几声。

萌死了,我差一点都要爱上她了。

第一份工作是在一家小报社做记者。有个女同学问我好不好,我吹牛说好得不得了。她说她也想去应聘,让我引荐。我说行,不是啥大事,明天你来报社找我。

第二天见面后,我发现她还郑重其事地化妆了。可惜,门牙被口红染了,像吃生肉的妖精。我想提醒她,不知道怎么开口,就在街口买了一杯梨汤让她喝,指望能借此漱漱口,还她一口白牙。

她把梨汤捧在手里,我一直催她快喝啊,快喝啊。监督着她喝完了,牙上的红印子也没有了,我才带她去了领导的办公室。

结果,我们领导看上她了,她却没有来,去北京了。嗨,也好着呢。

大学毕业后,我在西安打工。有一次回家,听我妈说,县上的某某叔来过家里,表达了想让我给他当女婿的意思。我妈以我人在西安不会回县上为由,婉拒了。我听了笑笑,觉得真有意思,也没有太在意。

不过,后来我倒是经常想,如果我大学毕业后回淳化老家了,肯定成了县城公务员,肯定早早结婚,早早要娃,肯定过上幸福生活了吧。我这样想也不是说我现在过得不幸福,只是觉得小县城的幸福指数似乎更高一些。

当然，想想也仅仅是想想。

刚进社会，住城中村。记得当时村里不知道搞什么活动，都大半夜了村委会里还在唱大戏。去听戏的都是村民，房客都是年轻人，谁去听戏呀。

曾经和老友张大器短暂合租过几个月。套间，两个小间我俩一人一间，共用一个客厅。有时候我们做饭吃，基本都是我做。有时候我们在外面吃。还有时候，张大器的女朋友带东西过来吃。

有一次，带了一饭盒熏鱼，我们三个围着茶几吃开了。那个熏鱼特别入味。我吃了一两块，不过瘾，想再夹一块，发现饭盒里就剩两块了。

突然意识到，这是张大器的女朋友带给张大器的，不敢太"丧眼"了，于是默默放下了筷子。那两块熏鱼，就让张大器和他女朋友一人一个吧。

有一年，有个外出采访任务，是省委宣传部组织了全省几十家媒体在陕南各区县跑。我也被拉去了。在丹凤县的时候和当地一个老哥划拳喝酒。我年少轻狂，不会划拳，狂输，最后面对一大杯白酒实在喝不下去了，已经到极限，再喝就把肠子肚子吐出来了。

省台的马召平那天也在，见我面有难色，就过来劝说："小杨呀，你不敢喝了。"

其他人也随声附和,都说:"小杨呀,你不敢喝了。"

丹凤的那个老哥见状,哈哈大笑,给了众人面子,饶了我。我很感激马召平大哥。此后小杨我也不怎么喝酒了。

某次在银行办业务,队伍排得很长,柜台窗口却不知道为什么只开了一半。当时还不能网上办理,只能耗在那里干等。我终究按捺不住,情绪失控,暴起,咆哮。

然后,一个穿黑西装的中年男子小跑着过来,把浑身哆嗦的我请进了贵宾室。

贵宾室的柜员特别温柔,一口一个"先生"。我哪里是什么先生,就是一个情绪管理失败的"毛猴猴"。其间,我一直兀自浑身打战。

出了银行大门,太阳暴晒,我站在日光下任凭炙烤。我非常厌恶自己。

母亲在老家突然离世,我当时在西安,我妹远,在珠海教书。我先一脚回来奔丧。

到了第二天晚上,我在灵前跪着,困得很了,听见有人嚷嚷"杨雪回来了",然后影影绰绰瞅见人群里有人把准备好的孝服给我妹身上套。我想起来,腿麻了,动不成。

我妹穿戴好到了我的身边。我们互看一眼,满脸是泪。

曾经有段时间到处摘酸枣。先在老家淳化摘。我表弟王秦和他没有过门的媳妇带我进了沟。从沟里出来,浑身是土,衣服沾的都是苍耳。

回西安后,还不满足,又和一个叫何家欢的实习生去长安县寻酸枣。何家欢就是长安县的娃,对当地很熟,他还从家里给我带了几个大柿子。我们跑到常宁宫附近的墓地,在一棵雷劈了的老树附近才摘到了我想要的酸枣。一种浑圆果核的酸枣。我用酸枣核做了一串念珠。

后来,何家欢去了南京参加工作。我们十多年不见了。那串枣核念珠还在哩。

有一次单位开会,我就坐在万总的旁边。我困得不行,偷偷见周公去了,而且还打了呼噜。万总气得戳了我一下。我醒了,万总又用眼神戳了我一下。一共戳了两下。

婚后,周末我和我媳妇经常进山。有次在山脚下,遇到一只脏兮兮的小奶猫,小毛球一般,滚到我们脚底下奶里奶气地叫唤,蹭我们的裤腿,是求收留的意思。我们从来没有见过那么乖的猫。我们决定,下山后,还能遇到它,就带它走。

下山后,我们却没有遇到它。四处寻找皆不见,仿佛世界上从来就没有过这样的一只小猫。

商量给女儿起名字。我说起简单点,找几个笔画少的字吧。我媳妇说好。我说就叫杨之了吧。我媳妇说好。也就几分钟,这事就定下来了。这事印象也深,那时候我媳妇已经怀孕,在吃叶酸了。孩子还在肚子里,我们就一致认为是女孩。我们都喜欢女孩。万一是男孩,我们不认,拒收。

在单位时候,我天天早上去楼下的伊新楼吃一碗肉丸胡辣汤。时不时还和老梁喝喝茶,吃吃水晶饼。吃饱了才有劲儿摸鱼啊。

单位楼下有"德懋恭"的分店,专卖水晶饼的,可以买盒装的,也可以买散装的,单买一个都可以。

哦,对了,原来单位附近还有"春发生"的分店,吃葫芦头也方便。

就这样,自己把自己肚子搞大了。

有一年在广东,我第一次看到木棉花。好感动。那么高的树,那么大的花。那么好的年华。

二〇二〇年,有了疫情的那一年。单位从北关搬到曲江,我没有跟着去,我在那个当口离职了。

办理离职手续是在曲江新址办的。我没有在新楼上办公过一天,于是就有一种很奇怪的感觉,不像是老员工办离职手续,倒像是一个新员工办入职手续。几个关系好的老同事带我参观了一下新楼,到楼下吃了顿饭,吃完,我把我的小电驴一骑,嘟嘟嘟地回家了。

那天是"六一"儿童节。

疫情前的夏天,我常常带女儿在学校的露天游泳池游泳。

孩子游得好,像个水獭。我主要是在池子里泡着,看看女儿，看看天。看一架接一架飞机飞过。看黄昏的时候天上的火烧云。接着看燕子和蝙蝠在头顶飞。

　　天黑了，从泳池出来，顺便给女儿买一根烤肠，湿漉漉地回家。

　　疫情后学校的游泳池好几年未开，荒废了。

　　词人曾经感叹"少年听雨歌楼上……壮年听雨客舟中……而今听雨僧庐下，鬓已星星也"。我如今也到了鬓已星星的年纪。没来由地，很多旧事突然想起，恍然如梦。

写于二〇二二年十一月

皮影戏（后记）

这是不厚的一本书，读者诸君或许一时半会儿就翻完它。可是，写这本书，从二〇一〇年所写的《六百路》起，到二〇二三年所写的《逛小寨》终，二十二篇，一篇一篇地笔耕下来，书成了，十多年就过去了。如今，蟠桃叔真的成叔了，鬓角有了白发。可是，心里还是个少年，还开着那年那月的花。

常常有人看了我的作文，好奇，会问笔下的人和事都是真的吗？当然是真的呀。我十八九岁来西安，青春的回忆都留在西安这座城里了，难驱难散。不管是象牙塔里的白衣飘飘，还是栖身城中村中的烟火腾腾，或者是树影林荫间的燥夏蝉鸣，最终都不抵六百路的呼啸而过……我不过是把这段岁月拆解开来，做一番挑拣和裁剪，凑成了这本书的二十二篇作文罢了。

可是我有时也恍惚，也疑其真伪，觉得都像是在做大梦。可是这些梦影啊，它们藏在难以知晓的地方，时不时就袭上眼底和心头。

当六百路公交车飞驰长安路……

当白月光漫过城中村的楼顶……

当蝉声从大树的枝叶间洒落……

当汽水嗝一激灵冲上天灵盖……

当天桥凭栏感受桥身的颤抖……

当大雁塔喷泉朝天喷出水柱……

当银杏的落叶翩翩落上肩头……

这些"当当当"像一串断线的佛珠散落下来，全敲打着我的魂儿。

昔日有多情君王汉武帝，思念亡妃成疾。有方士以亡妃形象做皮影演于武帝眼前，以此慰藉其相思，世间始有皮影戏。我也是用笔在纸上做了一番皮影戏，给那些惨绿的旧事招魂，给我，也给读者诸君，再匆匆演绎一回青春的残影：一招一式，一进一退，一言一语，一颦一笑……

说到底，那就是：谨以此书献给有过青春的我们，献给接纳了我们笑与泪的西安。

书中事之种种，是蟠桃叔亲历，亦是人人亲历。虽然笔力所限，难赋深情，还是希望读完这本书的每个读者朋友都能在书中找到当年的自己。那就有些意思了。

对于农人来说，幸福应该就是多打粮食。那么对于写作者来说，幸福就是多出几本书了。此书是我目前出版的第四本书。除过归功于我个人点灯熬油的勤勉劳作之外，还特别要感谢屈奇老师的提携，不然这本书不知道何年何月才能从石头缝里蹦出来呢。

陕西人民出版社的资深编辑屈奇老师真是我的老师，一点儿不假。十多年前，我还在报社上班的时候，我的单位和屈老师的单位挨得近。一个在城墙里，一个在城墙外。我没事了，就走几步，穿过城墙去屈老师办公室喝茶。有时候还去屈老师家。屈老师家的阳台亦可以远眺到城墙上去。记得有一次是晚上，月亮照在城墙上，水汪汪的，明晃晃的。

屈老师爱抽烟。见面了，烟一点，一边吞云吐雾，一边给我授业解惑。除了文学，历史呀、宗教呀、自然科学呀、人情世故呀，都讲。一讲能讲几小时。我不吭声，光听哩，默默吸取营养。我都不知道屈老师为啥对我这么好的，我没交过学费，也没给屈老师买过烟。屈老师诲人不倦，我受益良多。轻烟袅袅中我越看屈老师越觉得像鲁迅。

爱去找屈老师还有一个原因，就是屈老师夸我作文写得好，把我都夸上天了。屈老师严肃认真地夸，认定我是能写的。我觉得屈老师说得对。屈老师说啥都对。

那个时期，屈老师特别表扬过我的三篇作文。一篇是写故乡的桃树，以此纪念故去的母亲。一篇是写我寓居水泥巷时的那段潦倒生涯。一篇是写六百路公交车的。后两篇此番都收录到本书当中了。那时，屈老师就很认真地提议过，让我写一本书，从六百路入手，写写西安，写写在西安讨生活的年轻人。我听了，心中一动。

我当时已经告别了城中村的租住生活，在长安大学城买了一套小房子，做起了房奴。图长安那边的房子便宜，就顾不得偏远了，好在可以悠然见南山。住所和单位一个在城北，一个在城南，相距十万八千里，只能挤六百路公交车上下班，每天花在路上的时间约三个小时，天天穿城墙而过，日日见钟楼鼓楼。每天活得忙碌，疲惫，还是单身狗，没有女朋友，又要忙着相亲。所以心有思绪而写得不多。此后，就是结婚，生娃，忙得滚蛋蛋哩，更是笔荒了。

二〇二〇年"六一"儿童节那天，我辞职了。回家带娃，以写作文为业糊口。稿费自然不够吃，又刻桃核换钱做补贴。这才使得我可以暂且安心，写一些文字。写了，有人说好，也有人骂哩。不管，写还是要写的。屈老师都说了，我是能写的。屈老师说啥都对。

屈老师门下其实有两个学生，一个好学生，一个瞎学生。好学生是赵韦，瞎学生是我。所以我把赵韦叫大师兄。大师兄我就不多夸了，反正对我好得很。和屈老师一样，赵韦到处逢人说项斯，把我往人前推哩。有人说蟠桃叔写得是个屁，赵韦脸挺平，说：你细品，这屁其实还挺香的。

今年，也就是二〇二三年，夏天，大师兄赵韦在西北大学参加作协的培训，住在西北大学招待所，不用伺候老婆娃，逍遥自在。我和屈老师跑过去聊天。屈老师又开始抽烟，抽了几根突然就对我说：小杨，不敢拖了，今年咱把那事办了吧。

我的心里咯噔了一下。马上意识到了屈老师说的是啥事了。屈老师能跟我说啥，他操心我出书的事呢。

我已经出了几本书了，但是不够，校对不够，这才哪到哪啊。写书的人就跟皇上娶媳妇一样，三宫六院七十二嫔妃都嫌少呢。我准备母鸡下蛋一样不停出书呀，而我做梦都想要出的一本，就是这本《长安何曾负少年》。这本书我爱得很，算是我的正宫娘娘。

从西北大学回家，我赶紧打开电脑翻了翻旧作，字数明显不够，撑不起一本书。那就赶紧写。那个夏天，我几乎天天都去图书馆占座位写稿子。周遭几乎都是年轻的学子，一个个鲜红嫩绿，青春逼人，如入花间，羡煞老夫。我就想，哼，谁还曾经不是个美少年，我正在写我过去的青春哩。

那个夏天，思绪困在初来西安的那几年，心中的皮影戏又演起来了，有锣有鼓，有腔有调。那些一起欢笑过的年轻面孔啊，那些车窗雾气上涂画的字句啊，那些挥霍出去的钞票啊，那些风中的奔跑啊，那些爱而不得的恋情啊……虽已付云烟，却犹在眼前。

说实话，那段青春里的我自卑、压抑、不如意、浑浑噩噩，有些不堪回首。读书，我没有认认真真过。玩乐，我没有痛痛快快过。那段日子，像是坐车穿过秦岭山中的隧道，那么幽暗，那么漫长。

可是现如今，人到中年了，那段暗黑岁月反就成了黄金岁月，令我无比珍视。那时吃过的苦如今想起来都是甜的。四十多岁的我如今再去打量当年二十多岁的我、四十多岁的我，眼神里尽是温柔的杨柳风和杏花雨，就差老牛爱小牛，伸舌头舔一舔了。如果时光可以倒流，我肯定还是愿意重回一九九八年，哪怕那时的我青葱、懵懂、没肝没肺。

一九九八年十月，西安秋老虎，热，有蝉鸣，一个从小县城出来的懵懂少年顶着一头汗去西北大学报到。这个少年啊，他不会想到二十多年后，自己会写出一本叫《长安何曾负少年》的书。

借机还要感谢本书的编辑王辉老师。对于这本书，她比我更上心。王辉老师和我同岁，有着相似的西安青春记忆。她看我稿子中说：我最喜欢的一条牛仔裤是在东大街一家专门卖牛仔裤的店买的，就在钟楼邮政大楼的东侧第一家，那家店我如今死活想不起来叫什么名字了。

她就用红笔在旁边来一句：是"小魔鱼"吗？还用笔画个笑脸。哈哈哈，记性真好，还记得"小魔鱼"。可惜不是，我说的是隔壁的一家店。

在这本书的编辑过程中，我时不时骑上我的小电驴去人民社和王辉老师商量稿子，也会顺便说说养娃的事。我太爱去人民社了，像小媳妇回娘家。

对了，一去人民社多半是会遇到关宁老师的。关老师是我第一本书的责编。看到她格外亲。关老师如今已荣升副总编了。恭喜恭喜。

刚才我说，对于写作者来说，幸福就是多出几本书了。其实这话也不对。写作者的幸福其实是有人去读他的书。读的人越多，幸福越大。然而，我深知，一本书有一本书的命运。这本书我觉得挺好的。读者觉得好不好我就不知道了。有多少人能读到它我也是不可知的。反正是总算出了一本书，满纸荒唐言，一把辛酸泪。

此刻，我多像一个依依不舍难下场的谢幕者啊。我知道，这本书您读完了，就要合上它了。笙歌归院落，灯火下楼台。一切喧哗都要归于静寂。

亲爱的读者诸君，希望我们下一个路口见，下一本书见。

希望我们的心里都有一个楼顶，我们在楼顶踱步，看月亮。青春散场或不散场，我们缅怀或不缅怀，那楼顶都悬着当年的月亮，月亮都倒影杯中。只是月亮还是我们当年看过的月亮，但这月光已不是当年的月光了。可是，那又何妨。

曹操的诗句里有一句我真喜欢啊：明明如月。对，明明如月。我在西安这些年，到楼顶看过很多次月亮，静静地看月亮，想心事，怀旧。一片冰心在玉壶。头顶的月亮知晓我的一切。

有道是：平生一箫与一剑，春寒赊酒十万钱，未央歌里见明月，长安何曾负少年？

是啊，人生如戏也罢，人生如梦也罢，世间的少年骑马也好，赤脚也好，长安的米再贵呀，都没有负过哪个少年。世间的每一个少年呢，头有日月，心有山海，其实谁也没负过自己的青春。

写于二○二三年十一月五日